Emily Bold

Verborgene Tränen

Band 2 der Windham-Reihe

AF146262

Verborgene Tränen

Dean Weston, der zur Ehe mit Amelie Shawe gezwungen wird, empfindet nur Wut und Verachtung für seine ungewollte Braut, die ihn mit einem hinterhältigen Trick in die Falle gelockt hat. Doch mit dem Verlangen nach seiner jungen Frau wächst auch sein Misstrauen, und schon bald bohrt sich der Stachel der Eifersucht tief in Deans Fleisch. Als Amelies verborgene Tränen schließlich einen Weg in sein Herz finden, stellt sich nur eine Frage:

Kann ein Windham wirklich lieben?

Autorin

Emily Bold lebt mit ihrer Familie in einem idyllischen Ort in Bayern mit Blick auf Wald und Wiesen - äußerst ruhig und inspirierend. Sie schreibt Liebesromane, Paranormal Romance und Jugendbücher.

Titel von Emily Bold

Klang der Gezeiten
Ein Kuss in den Highlands

Gefährliche Intrigen
Mitternachtsfalke
Blacksoul - In den Armen des Piraten

Vergessene Küsse
Verborgene Tränen
Verlorene Träume

Vanoras Fluch (The Curse 1)
Im Schatten der Schwestern (The Curse 2)
Das Vermächtnis (The Curse 3)

The Darkest Red: Aus Nebel geboren
The Darkest Red: Von Flammen verzehrt
The Darkest Red: Im Dunkel verborgen

Emily Bold

BAND 2 DER WINDHAM - REIHE

Deutsche Erstausgabe 2013

http://emilybold.de

Herstellung und Verlag:
BoD – Books on Demand, Norderstedt

ISBN 978-3-7357-5996-2

Kapitel 1

*D*ein Vorschlag ist viel zu riskant!", wehrte Amelie ab und vergrub ihr tränennasses Gesicht im Kopfkissen. „Ich bin verloren! Nichts und niemand wird mich retten!", war ihr Schluchzen, gedämpft durch die Daunen, zu vernehmen.

Goldene Strähnen hatten sich aus ihrer Frisur gelöst, als sie sich in ihrer Verzweiflung aufs Bett geworfen hatte. Ihre Augen waren gerötet und die Nase vom vielen Schnäuzen schon ganz wund.

„Darum musst du dich selbst retten! Wenn du nur endlich aufhören würdest, dich zu bemitleiden, dann könnten wir uns an die Arbeit machen", schimpfte Fiona und stemmte ihre Fäuste in die Hüften. Energisch drückte sie ihren Busen heraus und wippte ungeduldig mit dem Fuß. „Wir müssen uns beeilen, Amelie. Wenn Vincent zurückkommt, wird er darauf drängen, sofort nach Hause zu fahren. Ich musste ihn regelrecht anflehen, mir den Besuch bei dir zu gestatten."

Ein trauriger Ausdruck lag auf Fionas hübschem Gesicht. Sie schüttelte den Kopf, und ihre schwarzen Locken wippten.

Sogleich vergaß Amelie ihre eigenen Sorgen und umarmte ihre liebste Freundin.

„Du Arme! Es ist eine Schande, dass wir Frauen bei der Wahl unserer Ehemänner nicht gefragt werden. Du hättest doch niemals freiwillig einer Ehe mit Kingsley, diesem Griesgram, zugestimmt! Wie erträgst du das nur? Ich würde sterben!"

„Weißt du, seit Neuestem hält sich Vincent eine Mätresse in London und belästigt mich im Ehebett nicht mehr so oft", versuchte Fiona, ihre Freundin zu beruhigen.

„Eine Mätresse? Um Himmels willen, Fiona! Das ist ja entsetzlich. Wie kannst du so etwas nur gutheißen?" Amelies veilchenblaue Augen waren vor Schreck weit aufgerissen, und eine verlegene Röte überzog ihre Wangen.

„Wenn du erst mit Lord Ansley verheiratet bist, wirst du wissen, warum ich froh darüber bin, dass er sich anderswo ertüchtigt. Männer sind ekelhaft, wenn sie ihre Lust befriedigen! Vincent röchelt dabei so, dass ich meine, ihn trifft jeden Moment der Schlag. Und das Schlimmste, meine Liebe, ist: Ich wünschte, es wäre so, denn dann könnte ich seinen verschwitzten Leib von mir stoßen!"

Ein Blick in Fionas Augen zeigte Amelie, dass ihre Freundin jedes Wort ernst meinte.

Amelie wich einen Schritt zurück und sank erneut auf das Bett. Wenn Fiona schon so empfand, wie sollte es ihr da erst ergehen? Schon immer war ihre Freundin viel mutiger und willensstärker gewesen als sie selbst. Fiona hatte sie oft beschützt und sich sogar einmal mit einem älteren Jungen gerauft, weil der Amelies Kleid beschmutzt hatte. Sie selbst neigte eher dazu, in Tränen auszubrechen und mit ihrem Schicksal zu hadern, als mutig einen Weg einzuschlagen, der sich als mühevoll erweisen könnte. Wie sie einem Mann im Ehebett gewachsen sein sollte, wagte sie sich nicht einmal vorzustellen.

„Du hast recht! Wenn ich mir ausmale, wie Lord Ansley ..."

Amelie schüttelte es, und sie presste sich ein Kissen vor

den Bauch. „Er ist achtundvierzig! Stell dir nur vor! Uns trennen dreißig Jahre, und wir haben nichts gemeinsam. Er hasst es sogar zu tanzen! Aber er ist reich wie ein Krösus … und das ist alles, was meinen Vater interessiert!" Amelie brach erneut in bittere Tränen aus. „Wenn doch nur Adrian zu mir zurückkehren würde!"

Fiona trat ans Fenster und sah hinaus. Erleichtert stellte sie fest, dass von der Kutsche ihres Gatten noch nichts zu sehen war, dann setzte sie sich zu Amelie auf das Bett.

„Ich glaube nicht, dass Adrian jemals wiederkommt. Und wenn, dann wird es zu spät sein. Bestimmt hat er dich längst vergessen. Du solltest dir meinen Rat zu Herzen nehmen. Glaube mir, ich habe mir das reiflich überlegt. Es ist dein einziger Ausweg aus einer Ehe mit Cliffard Ansley. Und ich habe genau den richtigen Kandidaten für dich", erklärte sie aufgeregt.

Kapitel 2

eans Zigarre verströmte ihr angenehm süßes Aroma in Lucinda Rochesters Schlafgemach. Matt lehnte er am Kopfteil ihres perlmuttfarbenen Bettes und beobachtete sie beim Ankleiden. Ihr dunkles Haar glänzte im flackernden Licht der Kerzen und umspielte ihren schlanken Körper. Obwohl Lucinda mit ihren fünfunddreißig Jahren fast ein ganzes Jahrzehnt älter war als Dean sah man ihr dies kaum an. Sie genoss die Freiheit einer jungen Witwe und gewährte nicht nur ihm ihre Gunst. Vielleicht war dies der einzige Punkt an Lucinda, der Dean nicht gefiel. Er war nicht etwa eifersüchtig, denn er empfand nicht mehr als körperliche Zuneigung zu ihr, aber es störte ihn dennoch. Dabei hielt er sich selbst nicht zurück, wenn eine schöne Frau ihm zu verstehen gab, dass sie an ihm interessiert war.

Lucinda hatte inzwischen ihr Korsett geschnürt und ihre Strumpfbänder befestigt. Aufreizend drehte sie sich zu ihm um.

„Hast du dich so verausgabt, dass du noch immer nicht in der Lage bist aufzustehen?"

Dean zog die Augenbrauen nach oben und drückte seine Zigarre aus, ehe er sich geschmeidig erhob und auf seine Mätresse zuging.

„Es gibt Teile an mir, meine Liebe, die stehen schon seit einer Weile wieder", raunte er ihr ins Ohr, während er seine Hand über ihren aus dem Mieder quellenden Brustansatz gleiten ließ.

„Dean Weston! Wirst du wohl aufhören! Wir kommen ohnehin schon zu spät."

Vergeblich versuchte sie, sich seinen liebkosenden Händen zu entwinden, aber, als sie seine Härte an der Innenseite ihrer Schenkel spürte, wallte auch ihr Verlangen wieder auf.

„Keine Sorge, es gehört bei solchen Veranstaltungen zum guten Ton, zu spät zu kommen", beschwichtigte Dean, als er sie gegen den Bettpfosten presste und ihre vollen Brüste aus dem Mieder befreite.

Als die beiden schließlich mit deutlicher Verspätung auf dem Ball eintrafen, war an Deans verruchtem Schmunzeln unschwer der Grund dafür zu erkennen.

Auch sein älterer Bruder Devlin schien dies bemerkt zu haben, denn der erboste Ausdruck in dessen Gesicht verhieß nichts Gutes. Seit Devlin sich mit Danielle Langston verlobt hatte, nahm er wieder mehr am gesellschaftlichen Leben teil. Auch wenn er selbst lieber in Windham Mannor weilte, wollte er Danielle damit eine Freude machen. Um Danielle – und seinem Titel als Earl of Windham – gerecht zu werden, war es ein notwendiges Übel, sich die Nächte auf für ihn langweiligen Bällen um die Ohren zu schlagen.

Obwohl Dean all dies wusste, verspürte er kaum Bedauern für seinen Bruder. Zumindest nicht genug, um ein Stelldichein mit Lucinda ausfallen zu lassen.

„Warum kommst du so spät?", blaffte Devlin ihn gleich an, nachdem dieser sich einen Weg zu ihm durch die Gäste gebahnt hatte.

„Guten Abend, Dev", grüßte Dean gelassen, um seinen Bruder noch mehr in Rage zu versetzen. „Ich nehme an, der Grund für deine schlechte Laune ist Lord Milton, der deine Verlobte über das Tanzparkett wirbelt?"

Devlins eisiger Blick, der sich in Miltons Rücken zu bohren schien, bestätigte Deans Vermutung.

„Der Mann ist ein Wüstling!", schimpfe Devlin und ballte seine Hände zu Fäusten.

Dean lachte und griff in seine Westentasche, um eine Zigarre herauszunehmen.

„Soso, mein Bruder, der Mann, vor dem früher kein Weiberrock sicher war, nennt den unscheinbaren Lord Milton einen Wüstling."

Dean paffte und wartete, bis die Zigarre ordentlich glühte, ehe er Devlin wieder seine Aufmerksamkeit schenkte.

„Sei so nett und fordere Milton nicht gleich zum Duell, denn ich habe keine Lust, in den Morgenstunden irgendwo im Nebel zu stehen und deinen Sekundanten zu spielen. Lieber wäre mir, Lady Rochesters Bett nicht vor dem Nachmittagsausritt verlassen zu müssen."

Devlin bedachte ihn mit einem mürrischen Blick, nickte aber. Und tatsächlich war er die Höflichkeit in Person, als Milton wenige Minuten später Danielle zu ihm geleitete.

Dean verkniff sich eine spöttische Bemerkung, als er die pochende Ader am Hals seines Bruders sah, während er seine Hand besitzergreifend um Danielles Hüfte legte. Danielles Wangen waren gerötet, und ihre braunen, glänzenden Locken waren beim Tanz in leichte Unordnung geraten.

Dean schenkte ihr sein strahlendstes Lächeln. Das Lächeln, mit dem er die Frauen betörte, die er zu verführen gedachte. Natürlich wollte er die Verlobte seines Bruders nicht verführen, aber er ließ es sich nicht nehmen, Devlin etwas zu ärgern.

„Meine liebe Danielle, Ihr seht heute wirklich bezaubernd aus. Erweist Ihr mir die Ehre des nächsten Tanzes?", fragte er mit zuckersüßer Stimme und trat vorsorglich einen Schritt zurück, als Devlin sich zu seiner vollen Größe aufrichtete. Jeden anderen Mann hätte das in die Flucht geschlagen, aber Dean war von gleichem Wuchs, und so erheiterte ihn der Einschüchterungsversuch nur, als er Danielle schließlich auf die Tanzfläche führte.

„Da siehst du es!", raunte Fiona Amelie ins Ohr. „Ich habe recht, er ist der Richtige für unser Vorhaben."

„Ich weiß nicht", antwortete Amelie unsicher und strich sich nervös über ihr blassblaues Kleid. „Er ist so groß und … und … irgendwie macht er mir Angst."

Gebannt hing ihr Blick an dem großen, schwarzhaarigen Mann, der sich geschmeidig über die Tanzfläche bewegte. Gerade war er so nahe an ihnen vorbeigetanzt, dass Amelie meinte, selbst die Sprenkel in seinen Augen gesehen zu haben. In seinem dunklen Anzug und der grauen Weste, die die Farbe seiner Augen aufgriff, sah er sehr elegant aus. Elegant und unnahbar. Dabei lächelte er seine Tanzpartnerin sogar an.

Fiona presste ihre Lippen zu einem schmalen Strich zusammen.

„Unsinn! Er ist ein Prachtkerl! Er ist attraktiv, reich, ungebunden …"

„Er kam mit einer Frau hierher", widersprach Amelie.

„Mit seiner Mätresse, du Dummerchen", stellte Fiona klar.

„Was, wenn er sie liebt?"

Fiona verlor langsam die Geduld. Ihre geballten Fäuste verrieten ihre Anspannung, als sie Amelies Zweifel mit erhobener Stimme zu zerstreuen versuchte: „Wie oft habe ich dir schon gesagt, dass Windham-Männer nicht lieben? Selbst du musst doch diese Legende schon gehört haben! Sobald einer von ihnen irgendwo auftaucht, zaubern die Leute diese Geschichte hervor und tuscheln hinter vorgehaltener Hand über die attraktiven, aber glücklosen Windhams."

Die beiden Frauen versanken in einen angedeuteten Knicks und lächelten freundlich, als Lady Spencer an ihnen vorbeiging. Die grauhaarige Frau lebte von Gerüchten und dem neuesten Tratsch. Neugierig schob sie sich von einer Gästegruppe zur nächsten, immer auf der Suche nach einem Skandal, den sie sogleich überall herumerzählen konnte.

Erst als das dunkelgrüne Kleid der Dame in der Menge verschwunden war, fuhr Fiona mit gesenkter Stimme fort: „Das macht ihn doch gerade so perfekt für unseren Plan. Dieser Mann wird tun, was nötig ist, weil er ohnehin nicht erwartet, irgendwann die große Liebe zu finden. Darum nimmt er sich immer wieder eine neue Geliebte und sucht nicht einmal nach einer Ehefrau. Glaub mir, Amelie – Dean Weston ist dein Ausweg!"

Die sternenklare Nacht war angenehm mild und trug den Duft des Frühlings mit sich. Dean roch das frisch gemähte

Gras, als er seine Zigarre zwischen die Lippen nahm und mit wenigen Zügen entzündete. Das Fest steuerte auf seinen Höhepunkt zu, und der Alkohol sorgte für eine ausgelassene Stimmung, sodass schrilles Lachen und laute Gespräche ihn selbst hier draußen erreichten. Er trat weiter in die dunklen Schatten der zu Fabelwesen getrimmten Hecke. Beeindruckt von der Kunstfertigkeit des Gärtners spazierte er weiter, als er aus dem Dunkel vor sich einen Hilferuf hörte.

Dean warf die Zigarre achtlos beiseite und rannte in die Richtung, aus der der Schrei gekommen war. Eine Frau mit dunklem Haar eilte ihm mit gerafften Röcken entgegen und schien sehr erleichtert, ihn zu sehen.

„Mylord! Bitte, Ihr müsst mir helfen!"

Sie klammerte sich an seinen Arm und zerrte ihn hinter sich her.

„Was ist denn los? Was ist geschehen?"

„Beeilt Euch, Mylord. Lady Shawe ist ohnmächtig geworden", erklärte sie aufgewühlt und zog Dean hinter sich in den kleinen Pavillon, den der Gastgeber im Herzen seines Fabelgartens hatte errichten lassen. Mitten auf dem kalten Marmor lag eine reglose Gestalt. Der blassblaue Musselin ihres Kleides schimmerte im Mondlicht, und das helle Haar erinnerte Dean an flüssiges Silber. Er kniete sich neben die junge Frau und schüttelte sie sanft.

„Um Himmels willen, Mylord! Ich glaube, sie atmet nicht! Ich werde Hilfe holen! Wir brauchen einen Arzt!", rief die Dunkelhaarige und schlug sich die Hände vor den Mund. Ihre vor Schreck geweiteten Augen starrten Dean ratlos an.

„Ja, geht und holt Hilfe! Ich bleibe hier", stimmte Dean zu, während er sein Ohr nahe an das Gesicht der reglosen Frau hielt, um ihre Atmung zu prüfen.

„Atmet sie? Vielleicht hat Lady Shawes Zofe ihr das Mieder zu fest geschnürt?"

„Geht endlich!", rief Dean ungeduldig und fühlte den Puls.

Erleichtert, ein schnelles Schlagen unter seinen Fingerspitzen zu fühlen, atmete er aus. Vielleicht hatte sie einfach zu viel getrunken, überlegte er und sah sie sich genauer an. Ihre Haut wirkte im fahlen Mondlicht beinahe durchscheinend, und ihre Lider flatterten leicht, so, als läge sie in einem unruhigen Schlaf.

Erneut schüttelte er sie sanft. Sie war sehr zart. Wie alt mochte sie wohl sein? Sicher noch keine zwanzig.

Als er sie keuchen hörte, überlegte Dean, ob die Dunkelhaarige vielleicht recht damit hatte, das Mieder sei zu fest geschnürt. Zugegeben, eine so schmale Taille hatte er nur selten gesehen, und die alabasterfarbenen Brüste quoll geradezu aus dem engen Oberteil. Wo blieb denn nur die Hilfe? Wieder flatterten ihre Lider, und ein gequälter Laut entstieg ihrer Kehle.

Mit einem Fluch öffnete Dean die Bänder der Korsage und war erleichtert, als sie einen tiefen Atemzug tat. Wieder fühlte er ihren Puls, der sich noch weiter beschleunigt hatte. War dies ein gutes Zeichen?

Sie blinzelte.

„Lady Shawe?", fragte er und tätschelte ihre Wange. „Hört Ihr mich?"

Mit einem leisen Stöhnen öffnete sie die Augen.

Fionas Herz raste, als sie so schnell, wie sie konnte, durch den dunklen Garten eilte. Jetzt durfte nichts schieflaufen.

Als sie Lord Weston in den Garten hatte gehen sehen, war ihr klar geworden, dass dies die Chance war, auf die sie und Amelie seit Wochen gewartet hatten.

Aber der Plan hatte Schwachstellen. Ein schneller Blick durch den Ballsaal gab ihr jedoch Hoffnung: Lord Shawe, der Earl of Lindale – Amelies Vater –, kam mit Lord Cliffard Ansley, dem zukünftigen Ehemann ihrer Freundin, direkt auf sie zu. Darum bemüht, sich ihre Aufregung nicht anmerken zu lassen, lächelte sie die beiden an.

„Lady Kingsley – wisst Ihr, wohin meine Tochter entschwunden ist?", wollte der Earl erfahren.

Fiona konnte den Gesichtern der beiden Männer entnehmen, dass sie sehr verärgert darüber waren, von Amelie an diesem Abend kaum beachtet worden zu sein. Ansley hatte die Lippen wütend zusammengekniffen, und sein suchender Blick durchkämmte durch den Saal.

„Es zeugt nicht gerade von Anstand, seinen Begleiter einfach stehen zu lassen", mokierte er sich.

Den Zeigefinger gegen ihr Kinn tippend, tat Fiona so, als überlegte sie.

„Jetzt, wo ich darüber nachdenke, fällt mir ein, dass ich sie zuletzt sah, als sie gemeinsam mit Lord Weston in den Garten ging", sagte sie und deutete auf die weit geöffneten Türen.

„In den Garten? Was sucht sie da?", rief ihr Vater aufgebracht, und schon eilte er in die angegebene Richtung.

Ansley folgte ihm dicht auf den Fersen, und Fiona hörte gerade noch, wie er murmelte: „Ausgerechnet mit diesem Weston!"

Die Frau vor ihm öffnete vorsichtig die Augen und leckte sich die Lippen. Langsam richtete sie sich auf, wobei ihr Mieder einen tiefen Einblick bot. Das Mondlicht schien die festen Brüste wie ein unsichtbarer Liebhaber zu liebkosen, und Dean hatte Mühe, sich auf das Befinden der Lady zu konzentrieren.

„Lady Shawe, wie geht es Euch? ", fragte er und versuchte, seinen Blick von den sanften Hügeln fernzuhalten.

Amelie brauchte all ihre Selbstbeherrschung, um ihre Blöße nicht augenblicklich zu bedecken. Reglos liegen zu bleiben, als sie Dean Westons Hände an den Schnüren ihres Mieders gespürt hatte, war beinahe unmöglich gewesen. Noch nie zuvor hatte ein Mann sie derart intim berührt, und ihre Haut kribbelte noch immer dort, wo er sie gestreift hatte. Sie verfluchte Fiona für diese wahnsinnige Idee, die niemals gut gehen konnte. Sie atmete tief durch, um sich auf ihr Vorhaben zu besinnen, als sie schon Schritte auf dem Kies näherkommen hörte.

Dean kniete an ihrer Seite, und Amelie errötete unter seinem Blick, der irgendwo zwischen ihren Brüsten zu ruhen schien. Sie wusste, ihre nächste Bewegung würde ihm noch deutlich mehr enthüllen als bisher, aber, wenn sie verhindern wollte, dass ihr Vater sie Lord Cliffard Ansley zur Frau gab, durfte sie nicht zögern.

„Mylord, mir wird ganz schwindelig!", keuchte sie daher und warf sich ihm in die Arme. Ihr Mieder klaffte vollends auseinander, und es war, als zucke ein Blitz durch ihren Körper, sobald ihre erhitzte Haut seine kühle Weste streifte.

Instinktiv schloss Dean seine Arme um die Frau, um sie zu stützen. Ihr leises Stöhnen verschmolz mit dem empörten

„Zum Teufel!" des Mannes, der gerade in den Pavillon trat und mit einem schnellen Blick die kompromittierende Situation erfasste. Er riss die junge Frau von ihm weg, zerrte sie auf die Füße und versetzte ihr eine schallende Ohrfeige, die sie taumeln ließ. Der Versuch, ihr Mieder zusammenzuraffen, scheiterte an ihren zitternden Fingern.

„Wie kannst du es wagen?", schrie der Mann sie an. Sein Kopf war rot vor Wut, der Speichel flog ihm aus dem Mund. „Du blamierst deine Familie!", fauchte er, ehe er die weinende Frau erneut hart ins Gesicht schlug.

Dean, dem klar geworden war, was dieser Mann offenbar glaubte, gesehen zu haben, trat schützend dazwischen. Er hob beschwichtigend die Hände. Ehe er sich versah, rammte ihm der Mann die Faust in den Magen.

„Drecksack!", keuchte der Grauhaarige, den Dean nun als den Earl of Lindale erkannte. „Für wen haltet Ihr Euch eigentlich, Weston? Wie könnt Ihr Eure schmierigen Finger an meine Tochter legen? Dafür werdet Ihr sterben! Ihr habt Euch die Falsche gesucht, um Eure Triebe zu befriedigen! Amelie ist verlobt, wisst Ihr das nicht?"

Der zweite Mann, der bisher schweigend und offensichtlich entsetzt daneben gestanden hatte, räusperte sich vernehmlich und trat einen Schritt nach vorne.

„War verlobt", korrigierte er Amelies Vater, ohne seinen Blick von Amelies noch immer entblößtem Busen zu nehmen. „Ihr glaubt doch nicht, dass ich nach dieser Sache noch eine Heirat in Betracht ziehe?"

Der Earl wurde abwechselnd rot, dann weiß und wieder rot, und es schien, als überlegte er, Dean erneut zu schlagen.

„Bitte, meine Herren! Es ist nicht so, wie es aussieht! Hier liegt ein Missverständnis vor", versuchte Dean, die Sache zu berichten. „Lady Shawe war nicht wohl, und ich eilte ihr zu Hilfe", erklärte er.

Mit einem ungläubigen Schnauben trat der Earl bedrohlich einen Schritt auf Dean zu.

„Erspart Euch Eure Ausflüchte! Die Situation ist eindeutig! Amelies guter Ruf ist ruiniert!"

„Mylord, vielleicht solltet Ihr Eurer Tochter Glauben schenken und sie erst einmal anhören. Sie wird Euch bestätigen, was ich gesagt habe", schlug Dean vor, dem langsam das Ausmaß dessen bewusst wurde, was hier gerade geschah. Mit ermutigendem Lächeln wandte er sich an Amelie, deren Tränen eine glänzende Spur auf ihren Wangen hinterlassen hatten, die aber immerhin geistesgegenwärtig genug gewesen war, endlich ihr Kleid zu richten.

„Das ist doch Unsinn!", widersprach Amelies Vater vehement. „Natürlich wird sie Eure Lügen bestätigen."

Mit einem eisigen Blick bedachte er seine Tochter, über deren bebende Lippen ein geflüstertes „Bitte entschuldigt, Vater" kam.

In der festen Überzeugung, sich gerade verhört zu haben, drehte Dean sich zu der Frau um, der er zu helfen versucht hatte. Sie hatte ihren Blick auf den Boden gerichtet und wagte es nicht, ihm oder ihrem Vater in die Augen zu sehen.

„Ich weiß, ich habe Euch enttäuscht. Ich hatte nicht vor …"

„Da hört Ihr es! Sie leugnet ihre Schamlosigkeit nicht einmal!", regte sich nun auch noch Ansley auf.

„Zur Hölle!", rief Dean und ballte die Hände zu Fäusten. „Was wird denn hier gespielt? Das ist doch alles eine Farce! Ich wollte einer Lady in Not helfen. Bis vor wenigen Augenblicken lag sie reglos am Boden und bekam keine Luft!", verteidigte sich Dean, der seine Felle bereits davon schwimmen sah und sich wie ein Tier in der Falle fühlte. Nur konnte er sich kein Bein abbeißen, um sich zu befreien.

„Amelies Ruf ist ruiniert! Was immer Ihr für Gründe anführt, Tatsache ist, Lord Ansley und ich haben mit eigenen Augen gesehen, wie meine Tochter schändlich offenherzig in Euren Armen lag. Wollt Ihr das etwa bestreiten? Ihre Aussichten auf die vorteilhafte Ehe mit Ansley sind dahin, wie Ihr gehört habt. Es gibt nur einen Weg, diese Sache zu regeln, und das wisst Ihr, Weston!"

Kapitel 3

„**D**ieses Miststück!", hallte es durch die leeren Flure des Châteaus. „Genauso eine Schlampe wie die übrigen!"

Papiere wurden wütend vom Schreibtisch gefegt und sanken raschelnd zu Boden.

„Wieder eine, die nicht bezahlt?", fragte die Frau mit weicher Stimme. Ihre roten Lippen verzogen sich zu einem Schmollmund, und sie erhob sich unzufrieden von dem königsblauen, mit Samt bezogenen Diwan. Ihr Morgenmantel aus schwarzer Seide umschmeichelte ihren Körper, und die dicke graue Katze auf ihrem Arm hob verärgert über die Unterbrechung ihrer Streicheleinheiten den Kopf.

„Sie haben keinen Respekt vor dir", bemerkte die Frau und trat ans Fenster. Sie wandte dem Mann den Rücken zu und beobachtete sein Spiegelbild in der Scheibe. Er fuhr sich verärgert durchs Haar.

„Ich werde diesen englischen Biestern ihre Überheblichkeit schon abgewöhnen!", schwor er.

„Du stellst keine Bedrohung mehr dar. Du hast England verlassen, und aus der Ferne kannst du ihnen nicht schaden. Vermutlich lachen sie inzwischen über dich."

Die Katze schnurrte, als sich die langen Fingernägel der Frau wieder durch ihr Fell gruben.

„Du hast recht! Ich war zu sanft mit ihnen! Ich hätte eine opfern sollen, um den anderen zu zeigen, wie ernst es mir ist!"

„Diese überheblichen Weiber! Ein Mann mit Titel würde ihnen sicher mehr Ehrfurcht einflößen." Sie setzte die Katze auf das Fensterbrett und drehte sich um. Mit einer langsamen Bewegung öffnete sie das Seidenband, welches den Stoff um ihre Taille raffte, und streifte den Mantel ab. Als der glänzende Satin zu Boden sank, war es, als neckte er dabei jeden Zentimeter ihrer Haut. Sie wusste um die Wirkung, die sie damit auf den Mann erzielte.

„Kümmere dich darum, dass die Schlampen zahlen!"

Sie nahm die Katze auf den Arm, das Köpfchen genau zwischen ihren vollen Brüsten, während der Schwanz des Tieres sich um ihre Taille schmiegte. Die Krallen ritzten sacht die Haut an ihrem Arm, aber sie lächelte. „Oder willst du, dass ich schon bald nackt herumlaufen muss, weil kein Geld für Kleider da ist?"

Damit warf sie ihm einen provozierenden Blick zu und schritt wie eine Königin aus dem Raum.

Der Mann fuhr sich übers Gesicht, als versuche er, das Bild ihrer nackten Kehrseite fortzuwischen, und schüttelte den Kopf. Wie hatte er – ausgerechnet er – zum Spielzeug dieser *Sirene* werden können?

Aber so sehr er sich auch einredete, sich jederzeit von ihr lossagen zu können, bewiesen doch seine pulsierende Männlichkeit und sein unbändiges Verlangen nach ihr etwas anderes. Nein, er wollte sie hier wirklich nicht unbekleidet herumlaufen sehen. Es wäre die reinste Folter! Wie schon so oft wünschte er, die vermaledeite Katze zu sein und seinen Kopf zwischen die Brüste seiner Geliebten zu betten. Denn die Momente, in denen sie *ihm* erlaubte, sie zu berühren, waren so selten, dass er nicht einmal von der Erinnerung daran zehren konnte. Sie war wie eine Flamme, die ihn wärmte, während sie ihn mit ihrer verführerischen

Hitze verbrannte. Er wusste, sie würde ihm erst wieder erlauben, sich ihr zu nähern, wenn er ihr Gold und einen Titel würde bieten können.

Er würde ihr beweisen, was für ein Mann er war!

Er musste es, wenn er nicht vor ungestilltem Verlangen vergehen wollte. Er würde es allen zeigen und endlich seine Rache bekommen. Viel zu lange hatte er darauf gewartet. Noch heute würde er nach England aufbrechen!

Kapitel 4

Devlin Weston kam in den Raum geeilt, den der Gastgeber ihnen freundlicherweise zur Verfügung gestellt hatte. Erleichtert sah Dean zu seinem großen Bruder auf, auch wenn er fürchtete, dessen Unmut über den Aufruhr noch zu spüren zu bekommen. Selbst Amelie sah geduckt zu Deans Bruder auf, schnappte angesichts dessen versteinerter Miene nach Luft, und senkte schnell wieder den Kopf. Ihre züchtig im Schoß gefalteten Hände und die flammende Röte in ihrem Gesicht zeigten das Bild einer gehorsamen, tugendhaften Frau, die wünschte, vor Schande im Boden zu versinken.

Und Dean wünschte, sie täte es. Immer wieder schüttelte er den Kopf über seine eigene Naivität. In den letzten Jahren hatte er viele Frauen verführt. Verheiratete Frauen, Witwen und auch die Mätressen anderer Männer. Und er hatte sich mit ihnen an Orten, die sehr viel weniger abgelegen waren als der Pavillon, auf intime Weise vergnügt, die weit über das hinausgingen, was heute geschehen war. Immer war ihm bewusst gewesen, wie hoch das Risiko war, erwischt zu werden – und dies hatte den Reiz für ihn noch verstärkt.

Aber heute? Heute hatte er nichts getan, wofür er sich schämen musste! Er hatte nur helfen wollen. War sogar erleichtert gewesen, als er die Schritte hatte näherkommen hören.

Wieder sah er zu der blonden Unschuld hinüber. Ihre

Wangen waren gerötet vor Scham und von den nicht versiegen wollenden Tränen. Obwohl er mehrfach versucht hatte, sie zu bewegen, die Wahrheit zu gestehen, hatte sie ihn nur mit um Vergebung heischendem Blick angesehen, ihre Lippen zusammengepresst und geschwiegen.

Ein Schweigen, welches schwerer wog als jede direkte Anschuldigung.

Selbst Devlin schien nur das Schlimmste anzunehmen, als er zu ihm an den Kamin trat. Am anderen Ende des Raumes, direkt hinter der im Sessel zusammengesunkenen Amelie, hatten Lord Shawe und Cliffard Ansley ihre vor Zorn roten Köpfe zusammengesteckt und warfen nur hin und wieder einen vernichtenden Blick in Deans Richtung.

„Herrgott, Dean!", flüsterte Devlin mit kaum unterdrückter Wut. „Was zur Hölle ist hier los? Ansley hat mich von der Tanzfläche geschleift und gesagt, Shawe fordere dich zum Duell. Willst du vielleicht so gnädig sein, mir zu erklären, was dieser Unsinn soll?"

Dean zuckte die Schultern. Sein sonst vor Lebendigkeit sprühendes Gesicht war fahl, und er suchte nach Worten.

„Keine Ahnung, Dev. Ich schätze, ich stecke in Schwierigkeiten", flüsterte er und deutete zu der schlanken, zusammengekauerten Gestalt hinüber. Amelie bot einen bemitleidenswerten Anblick.

Devlin schüttelte den Kopf. „Du Narr! Da kommst du mit Lady Rochester, der begehrtesten Kurtisane Londons, hierher und steigst dann einem Kirchenmäuschen nach? Lord Shawe ist einer der besten Schützen Englands! Ein Duell mit ihm würde dich den Kopf kosten!"

„Ich weiß, aber es ist nicht so, wie du denkst! Sie lag bewusstlos am Boden, eine Frau – vielleicht eine Freundin von ihr – bat mich zu bleiben und ging, um Hilfe zu holen. Was hätte ich tun sollen?"

Devlin schwieg.

„Dev?"

Schweigen.

Dean verfluchte sich selbst – und natürlich dieses blonde Gift, welches es selbst jetzt nicht wagte, ihn anzusehen.

Bedauernd schlug Devlin ihm schließlich auf die Schulter und erhob sich schnaubend.

Mit autoritärer Stimme verlangte er die Aufmerksamkeit aller. Selbst Amelie beobachtete ihn unter gesenkten Lidern heraus.

„Meine Herren, wie es scheint, stehen wir vor einem Problem."

„Und ich gedenke, dieses Problem im Morgengrauen zu lösen!", rief Lord Shawe und strich sich eine seiner lichten grauen Strähnen über die Stirn zurück. „So leicht kommt mir dieser Bursche nicht davon! Er hat Amelies Leben zerstört! Eine Kugel in der Brust scheint mir ein angemessener Preis für eine geplatzte Verlobung, Lord Weston", vertrat Shawe seinen Standpunkt.

„Ich stimme Euch zu, Lord Shawe. Aber …", Devlin trat zu Amelie und hob ihr Gesicht an, „… aber bedenkt, dass es Euch zwar angemessen erscheint, meinen Bruder zu lynchen, Eurer Tochter damit aber nicht gedient wäre. Im Gegenteil, alle Welt würde über die Sache sprechen. Ihre Aussichten auf eine Ehe, selbst weit unter ihrem Stand, wären dahin."

Wieder rannen die Tränen über Amelies gerötete Wangen. Sie hatte nicht damit gerechnet, ihr Vater würde verlangen, ihre Ehre zu verteidigen. Was, wenn er in dem Duell verletzt werden würde? Oder gar der unschuldige Dean Weston, der nichts ahnend in ihren und Fionas Plan hineingeraten war. Ihre Selbstvorwürfe waren so groß, dass sie es nicht schaffte, die Tränenflut zu stoppen.

„Wir sollten eine etwas konventionellere Lösung der Angelegenheit anstreben, wenn Ihr mich fragt", erklärte Devlin ruhig und trat an die Anrichte neben dem Kamin. Bedächtig schenkte er mehrere Gläser Brandy ein und reichte eines davon Amelies Vater, dessen Gesichtsfarbe sich zumindest etwas normalisiert hatte.

„Ich frage Euch aber nicht, Weston! Ich verlange Satisfaktion!", tobte Lord Shawe.

Trotz oder vielleicht gerade wegen der in der Luft schwebenden Bedrohung warf Dean einen sehnsüchtigen Blick hinüber zu den vollen Gläsern, wagte es aber nicht, sich zu erheben. Sein Bruder würde das schon geradebiegen – das tat er immer.

„Entweder dies oder er wird meine Tochter heiraten müssen!", fuhr Lord Shawe unnachgiebig fort.

„Niemals!"

Dean sprang auf, aber Devlin drückte ihn zurück auf das Polster, ohne ihm Gelegenheit zu geben, noch weiter Einspruch zu erheben.

„Das scheint der Situation angemessen", stimmte Devlin nüchtern zu, und sein Blick warnte Dean davor, ihm zu widersprechen. Aber immerhin ging es hier um *seine* Zukunft. Um *sein* Leben und nicht das seines Bruders. Er würde sich nicht so einfach in eine ungewollte Ehe zwingen lassen.

„Lord Shawe …", mischte er sich entschieden ein. „… ich bedauere welcher Eindruck entstanden sein mag, aber Eurer Tochter ist nichts geschehen. Ich versichere Euch, Ihr missversteht die Situation, in der Ihr uns angetroffen habt. Warum Lady Amelie zu diesen unsinnigen Vorwürfen schweigt, ist mir nicht klar, aber sicher möchte sie – genauso wenig wie ich – nur aufgrund der Geschehnisse dieses Abends ihre Verlobung gelöst sehen und in eine ungewollte Ehe gedrängt werden. Wir sind uns ja nicht einmal bekannt!"

Als Amelie sich erhob, atmete Dean erleichtert durch. Endlich schien sie den Mut aufzubringen, die Wahrheit zu sagen. Warum auch immer sie so lange geschwiegen hatte, nun würde sich dieses Debakel endlich lösen. Aber, anstatt sich an ihren Vater zu wenden, trat sie neben ihn und berührte sachte seinen Arm.

„Mylord …", flüsterte sie, „… warum brecht Ihr mein Herz? Ihr sagtet, … Ihr liebt mich." Damit raffte sie ihre Röcke und rannte schluchzend aus dem Raum. In der Stille, die nun folgte, klangen ihre davoneilenden Schritte im Takt seines beschleunigten Herzschlags wie der Trommelwirbel zu seiner Hinrichtung.

„Dieses Miststück!", rief Dean entrüstet, erntete dafür einen Kinnhaken ihres Vaters und ging zu Boden.

Devlin hatte Mühe, den Earl of Lindale, der dabei war, nun auch mit seinen Stiefeln nach Dean zu treten, von seinem Bruder fortzuziehen.

„Ihr werdet sie heiraten – und zwar schon morgen, oder ich töte Euch, Weston! Ist das klar?", brüllte Amelies Vater und landete trotz Devlins Bemühungen noch einige schmerzhafte Treffer.

„Mylord, beruhigt Euch! Ich werde meinen Bruder zur Besinnung bringen. Er wird tun, was getan werden muss, das versichere ich Euch. Er wird die Verantwortung übernehmen."

Dean riss die Augen auf. Hätte er nicht genau gewusst, dass er sich immer auf Devlin verlassen konnte und dieser vermutlich mit seinem Gerede seinen Hals zu retten versuchte, hätte er fast den Eindruck haben können, sein Bruder führe ihn eigenhändig zur Schlachtbank.

Aber Devlin war es zumindest gelungen, Lord Shawe

zum Zuhören zu bewegen.

„Wie Ihr Euch denken könnt, bin ich selbst nicht gerade darüber erfreut, dass meines Bruders Fehlverhalten ein schlechtes Licht auf unsere Familie und damit auch auf meine bevorstehende Heirat mit Lady Langston wirft. Diese Sache sollte am besten, ohne weiteres Aufsehen zu erregen, aus der Welt geschafft werden. Immerhin müssen wir auch Lord Ansleys Ruf bedenken."

Devlin streckte Dean die Hand entgegen und half ihm auf die Beine. Sollten sie doch eine Lösung finden, die Klatschmäuler zu stopfen, dachte Dean. Ihn interessierte das nicht. Sich das Blut aus dem Mundwinkel wischend, nickte er mit verbitterter Miene den Herren zu, ehe er auf demselben Weg floh wie die Frau, die dabei war, sein Leben zu zerstören.

„Wo will er hin?", fragte Shawe wütend und wollte folgen, aber Devlin trat ihm in den Weg.

„Lasst ihn. Er wird tun, was Ihr verlangt", stellte Devlin klar.

Dean eilte durch den schwach ausgeleuchteten Gang. Aus dem Erdgeschoss drangen Musik und das fröhliche Gelächter der Ballgäste an sein Ohr. Hier oben jedoch herrschte eine drückende Atmosphäre. Er schmeckte das Blut auf seiner aufgeplatzten Lippe, und er hatte Schmerzen, wo Shawes Tritte ihn getroffen hatte. Er brauchte Ruhe, um über das nachzudenken, was gerade geschehen war, und – noch viel schlimmer –, was morgen sein würde.

Gerade, als er sicher war, der Gesellschaft der Herren

entkommen zu sein, vernahm er vor sich leises Schluchzen.

„Verdammt!", murmelte er und blieb stehen. Das Letzte, was er wollte, war diesem verlogenen Weib gegenüberzutreten. Aber es war zu spät. Sie hatte ihn schon bemerkt und trat aus der Fensternische, in der sie offenbar gekauert hatte.

„Ich hatte gehofft, dass Ihr es seid", murmelte sie, und ihre Hände kneteten ihr Spitzentaschentuch, während sie ihm zum ersten Mal in die Augen sah.

„Warum? Ihr müsst mir nicht länger im Dunkeln auflauern, denn Ihr habt erreicht, was Ihr offensichtlich wolltet." Verächtlich glitt sein Blick über seine *Zukünftige*. Ihre jetzt so adrette Art machte ihn wütend, denn sie hatte ihn schamlos und hinterhältig in eine Falle gelockt. Dass sie aussah wie ein Engel, störte ihn gewaltig!

Sie blinzelte – ein kleines Zeichen ihrer Unsicherheit.

„Euch zu verletzen, war nicht meine Absicht", verteidigte sie sich schüchtern und trat einen Schritt auf ihn zu.

Devlin hatte große Mühe, nicht seine Hände um ihren schlanken Hals zu legen und sie zu würgen. Mit vor Ironie triefender Stimme presste er seine nächsten Worte hervor:

„Tatsächlich? Dann muss ich Euch natürlich vergeben, dass Ihr mich getäuscht, meine Sorge um Euer Wohlergehen ausgenutzt und, ohne einzuschreiten, zugesehen habt, als Euer Vater mich umbringen wollte."

Sie zuckte, als hätte er sie geschlagen, wandte sich ab und sah aus dem Fenster. Das Mondlicht versilberte ihr Antlitz, und wie schon im Garten weckte dies Deans Beschützerinstinkt. Doch er würde den Teufel tun, dieser Hexe noch einmal zu nahe zu kommen. Leise hörte er sie sagen: „Ihr mögt mich verdammen, Lord Weston, aber wärt Ihr an meiner Stelle, hättet Ihr ebenso nach einem Ausweg gesucht. Was hättet Ihr getan, wenn es Euch bestimmt wäre, einen Mann wie Lord Ansley zu ehelichen?"

Dean ballte die Hände zu Fäusten, unterdrückte jedes Mitgefühl, welches er unter anderen Umständen für sie und ihre Situation gehabt hätte, und stellte die Frage, die ihm auf der Seele brannte und die unablässig in seinem Kopf hämmerte. Er packte sie an der Schulter und drehte sie um, sodass sie ihn ansehen musste. In seiner Wut grub er seine Finger fest in ihre Haut, und ihr Schmerzenslaut verschaffte ihm Genugtuung.

„Warum ich? War ich zur falschen Zeit am falschen Ort, oder habt Ihr mich auserwählt?"

Sie wollte seinem Blick ausweichen, aber das ließ er nicht zu.

„Sagt es! Hattet Ihr beschlossen, *mein* Leben zu zerstören, oder war ich nur der dumme Tropf, der das Pech hatte, Euch zu begegnen?"

Die Schuld stand ihr ins Gesicht geschrieben, auch wenn sie ihm die Antwort verweigerte. Ihre großen, glänzenden Augen schienen um Vergebung zu flehen, und trotz seiner Wut ließ ihn dies nicht unberührt.

„Dann sei Euch zu wünschen, dass eine Ehe mit mir Euch mehr Glück bescheidet als eine mit Ansley."

Er musste hier weg, ehe ihr trauriger Anblick ihn noch ihren wahren Charakter vergessen ließ. Mit einer spöttischen Verneigung ließ er von ihr ab.

„Mylady."

„Lord Weston?", hielt sie ihn zurück.

„Was ist denn noch?", fragte er, ohne sich noch einmal zu ihr umzudrehen.

„Ihr wollt mich wirklich heiraten?" Dean versuchte, den Anflug von Hoffnung in ihrer Stimme zu überhören. Es sollte ihn nicht interessieren, dass sie erleichtert schien.

„Wollen? Nein. Aber ich werde. Nachdem Ihr schließlich so gnädig wart, mir einen Blick auf Euren blanken Busen zu gewähren, scheint Eurem Vater sehr daran gelegen. Diese Ehe wird mich weniger schmerzen als eine Kugel in der Brust, ist es nicht so?"

Er schmeckte noch immer das Blut und war weniger denn je in versöhnlicher Stimmung. Dean wusste, dass seine Worte sie verletzten. „Und nun entschuldigt mich, ich kann meine Begleiterin nicht noch länger sich selbst überlassen. Das wäre wirklich zu unhöflich."

„Eure Begleiterin?"

Obwohl er es nicht vorgehabt hatte, kehrte er noch einmal zu Amelie zurück. Nur Zentimeter von ihr entfernt blieb er stehen. Ihr süßer Duft hüllte ihn ein und hätte ihn beinahe seine Wut vergessen lassen.

„Meine Begleitung, Lady Rochester. Sie wird mindestens ebenso überrascht sein wie ich zu erfahren, dass ich vorhabe, morgen zu heiraten. Aber keine Sorge, Ihr werdet noch genug Gelegenheit haben, sie kennenzulernen, denn wir verbringen sehr viel Zeit miteinander. Wir stehen uns sehr nahe – wenn Ihr versteht, was ich meine."

Schockiert öffnete Amelie den Mund, aber kein Laut kam heraus. Mit großen Augen starrte sie ihn an. Diese feuchten, vollen Lippen, ihre Nähe und ihre Unerfahrenheit, die sich in ihrer Überraschung zeigte, reizten ihn. Jäh erwachte Deans Verlangen. Es war kein zärtliches Verlangen, sondern gepaart mit seiner Wut. Er wusste, dass sie nicht so naiv war, wie sie aussah, und das wollte er beweisen. Es drängte ihn, dieses Trugbild zu zerstören und sie mit seiner ganzen Härte für ihre Täuschung zu bestrafen.

Ohne sie zu berühren, drängte er sie zurück, bis sie mit ihrem Rücken gegen das Fenster stieß. Kam noch näher, bis seine Schenkel den Stoff ihres Kleides streiften.

„Ihr habt mich für Euren Plan ausgewählt. Ihr müsst gewusst haben, dass ich viele Frauen begehre. Man sagt, dieser Ruf eile mir voraus."

Er strich über den Stoff an ihrer Schulter, ließ einen Finger unter den hellblauen Musselin gleiten. „Sicher seid Ihr nicht so naiv, Treue von mir zu erwarten."

Amelie wünschte, sie möge sterben. Deans Finger auf ihrer Haut ließ sie erbeben, und seine Nähe setzte ihren Körper in Brand. Dabei wusste sie, dass er sie damit strafen wollte. In seinem unversöhnlichen Blick glomm pure Verachtung. Heiß ruhte dieser Blick auf ihr, und sie leckte sich ihre plötzlich staubtrockenen Lippen. Ihr Verstand schien sich in Luft aufgelöst zu haben, denn seine unverblümten Worte weckten etwas tief in ihrem Inneren. Ein Prickeln durchlief ihren Körper und konzentrierte sich in den Spitzen ihrer Brüste, als seine Finger von der Schulter abwärts weiter über das Schlüsselbein dem Schnitt ihres Kleides folgten. Als er die Brüsseler Spitze, mit der ihr Mieder gesäumt war, anhob, hätte sie sich am liebsten an ihn gedrängt, um das Feuer seiner Berührung zu ersticken.

„Nein, Mylord", versuchte Amelie, sich auf das Gespräch zu besinnen. „So naiv bin ich nicht. Mir ist bewusst, dass Ihr mich nicht als Eure Frau wollt."

Deans Hand glitt über ihr Mieder, umfasste ihre Brust. Sie stöhnte, als seine raue Handfläche ihre Knospe durch den dünnen Stoff reizte.

„Wer sagt, dass ich Euch nicht *will*?", raunte er in ihr Ohr, während seine Zunge eine glühende Spur über ihren Hals zog. „Es wird mir ein Vergnügen sein, Euren Körper als Preis für eine erzwungene Ehe zu nehmen."

Hart verschloss er ihren Mund mit seinem und erstickte ihren Protest. Seine Zunge erkundete forsch ihren Mund,

und seine Hand in ihrem Nacken hielt sie fest, sodass sie seinem Kuss nicht entkommen konnte. Sie schmeckte das Blut auf seinen Lippen und fühlte die Wut, die ihn trieb, sie auf diese beschämende Art zu berühren.

Kapitel 5

London

*D*u bist betrunken!", stellte Devlin am nächsten Morgen wenig begeistert fest, als Dean in den Kleidungsstücken vom Vorabend und mit zu Berge stehenden Haaren zur Tür hereinstolperte.

„Stimmt, ich habe mir auch größte Mühe gegeben", sagte Dean. Sein ruheloser Blick glitt über das angerichtete Frühstück und blieb an der Kaffeekanne hängen.

Mitfühlend holte Danielle eine Tasse und goss ihm etwas von dem aromatischen Getränk ein.

„Du Armer!", sagte sie und reichte ihm die Tasse. „Devlin hat berichtet, was passiert ist, aber ich kann es kaum glauben. Wie konnte es denn so weit kommen?"

Dean zuckte die Schultern. Da er schon gestern keine Antwort auf diese Frage gefunden hatte, fand er es müßig, heute erneut daran zu scheitern. Schließlich hatte er in den letzten Stunden versucht, Vergessen in Lucindas Armen und einer Flasche Scotch zu finden.

„Vielleicht habe ich es nicht anders verdient", murmelte er und nahm einen großen Schluck aus dem weißen Porzellan. „Immerhin hat Dev mich oft genug gewarnt. Die Ironie an der Sache ist, dass ich dieses eine Mal unschuldig bin. Es war eine Falle, und nun serviert mich dieses Frauenzimmer ihrem Vater zum Frühstück!"

Der Kaffee belebte Dean, änderte aber nichts an dem Selbstmitleid, in dem er zu zergehen drohte.

Anders als Devlin, der nie vorgehabt hatte zu heiraten, weil er zu sehr fürchtete, die Familiengeschichte könne recht behalten und die Windham-Männer wären tatsächlich nicht in der Lage zu lieben, hatte Dean durchaus irgendwann heiraten wollen.

Nicht unbedingt aus Liebe, aber zumindest, um eine angenehme Frau an seiner Seite zu haben, die sein Bett wärmen und ihm Kinder schenken würde.

Für ihn hatte es nichts mit der alten Legende zu tun, die besagte, dass die Männer der Familie nicht lieben konnten, die Frauen der Westons dafür so sehr liebten, dass sie niemals das wahre Glück finden konnten. Er hatte noch nie geliebt, glaubte aber, dies sei der Tatsache zuzuschreiben, dass er zu viel Gefallen an unterschiedlichen Frauen fand, um sich an eine zu binden. Und da Devlin, der Erbe des Windham-Titels, nun aufgrund der Wirkung eines magischen Gemäldes doch heiraten würde, lag es nicht einmal mehr an Dean, für Erben zu sorgen. Er hätte also keine Eile bei der Suche nach einer passenden, leidenschaftlichen Frau gehabt.

Aber, wen auch immer Dean gewählt hätte, sie wäre sicher nicht so eine verlogene, scheinheilige Hexe gewesen wie Amelie Shawe.

Danielles Hand auf seiner Schulter riss ihn aus seinem Trübsal.

„Willst du in diesem Aufzug heiraten?", fragte sie, und ihre hochgezogenen Augenbrauen zeigten ihren Zweifel.

„Ich will überhaupt nicht heiraten!", verbesserte Dean in einem störrischen Tonfall.

„Hast du die beiden *Herren* gesehen, die vor dem Haus Posten bezogen haben?", fragte Devlin.

„Ja. Sie folgen mir schon, seit ich gestern mit Lucinda den Ball verlassen habe."

„Ich weiß. Es sind Shawes Männer. Sie werden dafür sorgen, dass du pünktlich zu deiner Hochzeit erscheinst."

Dean war wütend. Und diese Wut richtete sich nun auch gegen seinen großen Bruder.

„Warum hast du dich eingemischt? Ich hätte mich lieber duelliert, als zu heiraten!"

„Sei kein Schwachkopf!", entgegnete Devlin gelassen und reichte Dean eine Zigarre. Das beruhigte den Jüngeren üblicherweise. „Ich habe dir das Leben gerettet. Ich war zu oft mit Shawe auf dem Schießplatz, um zu glauben, du könntest ein Duell mit ihm überleben. Seine Tochter ist nicht gerade hässlich, und sie scheint, trotz ihres Aufbegehrens gegen die Ehe mit Ansley, ein fügsames Mädchen zu sein. Sie wird dir keinen Ärger machen."

Er zog an seiner Zigarre.

„Und bedenke: Ab dem Tag deiner Hochzeit gehört dir das Woodland House. Denn, obwohl du selbstverständlich nach wie vor bei mir und Danielle in Windham Mannor willkommen bist, muss ich gestehen, dass die Zeiten, in denen ich morgens einem deiner Liebchen im Gang begegnen möchte, vorbei sind."

Amelie sank zitternd in den Sessel, als sich endlich die Tür hinter ihrer Zofe schloss. Himmel! Sie hatte den größten Fehler ihres Lebens gemacht, indem sie bei Fionas verrücktem Plan mitgespielt hatte. Wie hatte sie nur glauben können, ein Mann wie Dean Weston würde erfreut sein, eine Rolle im Theaterstück ihres erbärmlichen Lebens zugeteilt zu bekommen? Wie hatte sie annehmen können, eine Ehe mit ihm wäre leichter zu ertragen als die mit

Cliffard Ansley?

Seit Dean sie mit seinen Augen, kalt wie Stahl, durchbohrt hatte, bereute sie es, seinen Lebensweg gekreuzt zu haben. Sie fürchtete ihn. Seine Größe, seine kräftige Erscheinung.

In den letzten Wochen hatten sie und Fiona ihn beobachtet. Auf Bällen und im Theater. Sie hatten auf eine günstige Gelegenheit gewartet, ihren Plan in die Tat umzusetzen. Das Lachen, welches sie dabei immer wieder an ihm gesehen hatte, hatte sie fälschlicherweise annehmen lassen, er sei ein freundlicher und angenehmer Mann.

Aber ohne dieses amüsierte Leuchten in seinen Augen sah er wie ein Raubtier aus. Und, wie es schien, hatte er vor, seine Krallen in ihr Fleisch zu graben, ganz, wie es ihm beliebte.

Sie und Fiona hatten sich das ganz anders vorgestellt!

Sie sah an sich hinab. Der glänzende Stoff ihres cremeweißen Hochzeitskleides schimmerte im Sonnenlicht, aber ein Blick in den Spiegel zeigte ihr, dass sie keine Farbe in den Wangen hatte. Kreidebleich und mutlos blickte ihr Spiegelbild ihr entgegen, und selbst das Rouge auf ihren Wangen konnte dies nicht kaschieren.

Sie glich einer Frau, die zum Richtbock geführt wurde, und ganz und gar nicht einer glücklichen Braut.

Ach, wenn doch nur Fiona da wäre und ihr mit ihrem Mut zur Seite stehen könnte! Aber ihr Vater hatte ihr jeden Kontakt verboten, bis sie in wenigen Stunden sicher verheiratet wäre.

Wie tausend Male zuvor öffnete sie die kleine Spieluhr und lauschte der traurigen Melodie, zu der sich die kleine Tänzerin im Kreis drehte.

Sie versuchte, sich an den Mann zu erinnern, der ihr die Spieluhr geschenkt hatte, und den einen zarten Kuss heraufzubeschwören, den er ihr gegeben hatte, bevor er aus ihrem Leben verschwunden war. Aber dies gelang ihr nicht, denn ein anderer Kuss, hart und fordernd, erbarmungslos und strafend, überdeckte die schöne Erinnerung. Dean hatte nichts von ihr erbeten, sondern sich genommen, ja geraubt, wonach es ihn verlangt hatte. Er hatte sie nicht aus Liebe geküsst wie ihr blonder Kavalier, hatte sie mit seinen Lippen nicht geehrt, sondern beschmutzt! Und schwach und hilflos hatte Dean sie danach ohne ein Wort in der Dunkelheit zurückgelassen, um in die Arme seiner Bettgespielin zurückzukehren.

„Oh, Adrian!", flüsterte sie. „Warum kommst du nicht, mich zu retten?"

Danielle war stolz auf sich. Sie hatte es geschafft, in wenigen Stunden aus dem vollkommen verlotterten Dean einen durchaus vorzeigbaren Bräutigam zu machen. Nur seine versteinerte Miene wollte nicht so recht zum Anlass und dem in aller Eile angeordneten fröhlichen Blumenschmuck in der kleinen Kirche am Londoner Stadtrand passen. Auf die Schnelle und ohne weiteres Aufsehen zu erregen, war es nicht möglich gewesen, einen angemesseneren Ort für die Hochzeit zu finden. Zusammen mit Shawes bulliger Eskorte waren sie vor einigen Minuten hier angekommen. Nur wenige Gäste, hauptsächlich wohl neugierige Anwohner, saßen in den Bänken und warteten ebenso ungeduldig auf die Braut wie der widerwillige Bräutigam, der das alles schnell hinter sich bringen wollte.

Danielles Herz machte einen Sprung, als sie Devlin

vorne am Altar mit seinem Bruder flüstern sah. Nicht mehr lange und sie würden sich am Altar gegenüberstehen und sich ewige Liebe geloben. Sie wusste, ihre zweite Ehe würde sehr viel mehr Glück in ihr Leben bringen, als es die erste getan hatte.

„Ich weiß wirklich nicht, Dev, wie ich es über mich bringen soll, dieser verlogenen Betrügerin das Jawort zu geben. Ich wünschte, ich könnte ihr den Hals umdrehen!"

Dean fuhr sich durch das kurze schwarze Haar, und die Ader an seinem Hals pochte kräftig, was ein Zeichen seiner unterdrückten Wut war, wie Devlin wusste.

„Hör' doch auf! Du bist keiner, der mit seinem Schicksal hadert. Genau wie immer wirst du auch aus dieser Sache das Beste machen", prophezeite er Dean, ehe das Klappern von Hufen vor der Kapelle die Ankunft der Braut ankündigte. Devlin klopfte seinem unglücklich dreinblickenden Bruder auf die Schulter und schlüpfte zu Danielle in die Bankreihe.

„Er sieht aus, als würde er sich gleich übergeben", bemerkte Danielle besorgt.

„Hm, ich nehme an, für Männer sind diese Herzensdinge nicht so einfach."

„Und du meinst, für die Damen ist es einfacher?", hakte sie mit einem ungläubigen Seitenblick nach.

„Vermutlich nicht", gab Devlin sich geschlagen und fasste nach Danielles Hand. „Ich hatte wirklich schon angefangen, die Legenden um unsere Familie als Unfug abzutun, nachdem ich mit dir endlich mein großes Glück gefunden habe, aber … wenn ich nun sehe, wie es ihm ergeht …"

„Sieh nicht so schwarz. Vielleicht bekommt ihm die Ehe besser, als wir denken."

Devlin schüttelte den Kopf.

„Ich kenne meinen Bruder. Er lässt sich nicht einengen. Ich bin schon sehr gespannt, welches Ende diese Geschichte nehmen wird!"

Ihr Vater erwartete sie, als Amelie aus der Kutsche stieg. Zögernd trat sie zu ihm, denn einen Fluchtweg gab es nicht. Der rötliche Sandstein der Kapelle leuchtete warm in der Frühlingssonne, und die Tulpen und Narzissen am Wegrand und vor der geöffneten Pforte reckten ihre bunten Köpfe empor.

Amelie suchte das Gesicht ihres Vaters nach einer Regung ab, nach Mitleid und vielleicht so etwas wie Zuneigung, aber außer eiserner Entschlossenheit fand sie nichts. Er bedeckte ihren Arm mit seiner Hand, als er sie in die Kirche führte. Eine Berührung, die vielleicht zärtlich aussehen mochte, aber in Wahrheit nur verhindern sollten, dass sie es sich doch noch anders überlegte.

Als hätte ich eine Wahl, dachte Amelie bitter. Ein Frösteln durchfuhr ihren Körper, als sie aus dem Sonnenschein in die Kühle der Kirche traten. Ihre Schritte hallten durch die leeren Reihen, und ihr Kleid raschelte unnatürlich laut. Genau wie ihr Herzschlag, der sich in ihren Ohren anhörte wie das Donnern von Kanonen. Himmel!, hatte sie Angst vor der Zukunft, aber bei allem, was ihr heilig war, zumindest würde Lord Cliffard Ansley keine Rolle darin spielen. Und was immer ihr in dieser Ehe noch bevorstehen mochte, sie würde Dean Weston nie wieder ihre Schwäche zeigen, sondern ihre Tränen im Verborgenen vergießen.

Sie reckte das Kinn vor und öffnete die Augen.

Beinahe wäre sie gestolpert, als ihr Blick auf den Mann ganz in Schwarz fiel, der ihr mit zusammengekniffenen Lippen entgegensah.

Es war, als wütete ein Sturm in seinen Augen, zuckende Blitze und dahinjagende Wolken, welche das drohende Unheil in sich trugen. Seine Haltung glich der eines Kriegers, der seinem Feind ins Antlitz blickt und weiß, dass der Kampf eine Farce und bereits gewonnen ist. Ein Krieger, der kam, um sich die Trophäen zu holen.

Und, obwohl Amelie sich wünschte, die Zeit zurückdrehen zu können, bemerkte sie doch dieses Kribbeln im Bauch, als sie daran dachte, dass dieser Mann schon sehr bald ihr Ehemann sein würde.

Ihr blieb das Glühen in Deans Augen nicht verborgen, als ihr Vater ihre Hand an ihn übergab.

Warum fühlte es sich an, als hätte sie verloren, wo ihr Plan doch letztendlich aufgegangen war?

Ganz in jungfräulichem Weiß schritt sie auf ihn zu. Dean schenkte Lord Shawes drohendem Blick keine Beachtung, sondern war gefesselt vom Anblick seiner Braut.

Seine widersprüchlichen Gefühle für Amelie irritierten ihn. Sie war schön, ohne Zweifel, auch wenn sie nicht die Art von Frau war, mit der er sich bisher amüsiert hatte. Sie wirkte so unschuldig, aber gepaart mit seiner Erinnerung an ihre perfekten Brüste im Mondschein, war dies ein überraschend starkes Aphrodisiakum.

Und trotz seiner Wut auf sie und ihr abscheuliches Ränkespiel loderte Verlangen in ihm auf, als er ihre Hand ergriff und sich mit ihr zum Geistlichen umwandte.

Er spürte ihr Zittern, als die Zeremonie begann, fühlte ihren fliegenden Puls, der ihre Aufregung verriet, und bemerkte, dass die zarte Hand in seiner eiskalt war, auch wenn sie stolz ihr Kinn hob und sich an einem sicheren Auftritt versuchte.

Ihre offensichtliche Angst rührte ihn, und das machte ihn wütend. Wütend auf sich selbst. Er hatte nicht heiraten wollen. Und erst recht nicht dieses unerfahrene Mädchen. Anstatt dem Impuls nachzugeben, ihre Hand beruhigend zu drücken, verhärtete sich sein Blick, als er sein Ehegelübde ablegte. Selbst der Gottesmann räusperte sich verlegen, als er Deans eisige Miene bemerkte.

Amelies leises Flüstern, der kaum wahrnehmbare Hauch ihres Einverständnisses in den gesegneten Bund der Ehe, befriedigte Dean. Sollte sie ihn ruhig fürchten und jeden Tag ihres Lebens bereuen, gerade ihn für ihr Ränkespiel ausgewählt zu haben. Ihm war das nur recht!

Die Zeremonie verging wie im Flug. Ringe wurden keine gewechselt, da in der Eile keine hatten mehr besorgt werden können. Der Geistliche vermied es, das offensichtlich zur Eheschließung gezwungene Paar auf den Hochzeitskuss hinzuweisen. So hielt wenig später Dean die Hand seiner Braut und sah der Kutsche von Lord Shawe hinterher. Dem schien einzig und allein daran gelegen zu haben, die Demütigung aus der Welt zu schaffen, denn mit einem knappen Nicken in Deans Richtung und einem Kuss auf die Schläfe seiner Tochter hatte er beiden viel Glück gewünscht und war davongefahren.

Tapfer hielt Amelie ihre Tränen zurück, als Dean sie zu seiner eigenen Kutsche führte. Obwohl er ihr die Tür aufhielt und ihr zum Einsteigen die Hand reichte, wollte er sich nicht noch einmal von ihren traurigen Augen erweichen lassen. Sollte sie ruhig leiden. Er selbst litt ja ebenfalls. So schluckte er sein Mitgefühl hinunter und überlegte stattdessen, wie ihr zukünftiges Leben wohl aussehen mochte. Ihr Leben als Mann und Frau in Woodland House.

In weiser Voraussicht hatte Devlin am Morgen Dienstboten damit beauftragt, die Möbel vom Staub zu befreien, die Räume zu lüften und alles auf Hochglanz zu polieren, um alles für den übereilten Bezug vorzubereiten. Als Dean nun zu Amelie in die Kutsche stieg, war es ihm aus einem unerklärlichen Grund wichtig, dass sie sich in seinem Haus wohlfühlen würde.

Nach einer Weile unangenehmen Schweigens ergriff Amelie das Wort. Dean war überrascht, als sie nach seiner Hand griff, und das Prickeln, welches ihn dabei durchfuhr, war ihm alles andere als willkommen.

„Mylord, ich wollte Euch nur wissen lassen, wie sehr ich Euch zur Dankbarkeit verpflichtet bin für das, was Ihr heute für mich getan habt."

Ihre blauen Augen ruhten auf ihm und schienen die Aufrichtigkeit ihrer Worte zu unterstreichen.

„Da man mir keine Wahl gelassen hat, ist der Dank unnötig. Welchen Preis ich jedoch von Euch für dieses Schauspiel fordere, werde ich Euch noch früh genug wissen lassen. Denkt nicht, ich hätte dies für Euch getan, oder mich würden Eure Gefühle in dieser Ehe interessieren. Einzig die … *tödliche* … Argumentation Eures Vaters hat Euch zu meiner Frau gemacht", wies Dean Amelie zurecht, ehe er seine Hand aus ihrer befreite.

Amelie schluckte. Ihre Haut schien noch eine Spur blasser geworden zu sein, als sie die Hände in ihrem Schoß verschränkte.

„Mylord, bitte! Versteht doch, in welcher Lage ich mich befand. Ich schwöre, ich werde von Euch nichts verlangen. Ihr könnt Euer Leben weiterleben wie bisher. Ich möchte nicht, dass Ihr Eure Geliebte aufgebt oder Euch gezwungen fühlt, Eure Zeit mit mir zu verbringen. Ich schwöre, ich werde keine Ansprüche an Euch stellen", versuchte sie, ihn zu besänftigen.

Deans Augen verengten sich, und sein Blick wurde stechend.

„Ihr verlangt nichts von mir? *Nichts* ist mehr, als ich Euch zu geben bereit bin! Wenn mir das Glück hold sein sollte, wird es mich vergessen lassen, dass ich eine Frau habe – und wie ich zu ihr kam. Ich werde Euch nach Woodland House bringen. Dort könnt Ihr tun und lassen, was Ihr wollt, nur ... kommt mir nicht unter die Augen!"

Er sah aus dem Fenster, weil er nicht wissen wollte, was seine Worte anrichteten. Warum er seiner Wut erlaubte, zu dieser Härte zu greifen, wusste Dean selbst nicht. Aber es hing ganz eindeutig damit zusammen, wie sehr es ihn schmerzte, von ihr nur benutzt worden zu sein. Mädchen, die aussahen wie Engel, sollten nicht so verdorben im Innersten sein. Und er wäre ein Narr, wenn er sich von diesen blauen Augen erweichen lassen würde.

Amelie schnürte es das Herz zusammen, als sie die unversöhnlichen Worte ihres Mannes hörte. Sicher, sie hatte seine Wut verdient, aber sie war immer noch ein Mensch. Hatte sie wirklich die Tyrannei ihres Vaters gegen die ihres Ehemannes getauscht? In diesem Moment erschien ihr selbst die Ehe mit Ansley seinen Schrecken verloren zu haben, und sie fragte sich nicht zum ersten Mal, wie Fiona gerade Dean Weston als den perfekten Kandidaten hatte erwählen können. Sie sollte ihm nicht unter die Augen treten? Na schön, dann würde sie wenigstens ihre Ruhe haben. So schlecht würde das nicht sein, überlegte sie.

„Mylord, Ihr werdet meine Anwesenheit kaum bemerken", versprach sie, stolz darauf, dass ihre Stimme ebenfalls kühl und emotionslos klang.

Kapitel 6

Die Hufe rissen Narben in das saftige Gras der Wiesen um Woodland House, als Dean und sein Bruder auf ihren Pferden im gestreckten Galopp darüberpreschten. Sie jagten über die Äcker, setzten über halbhohe Mauern und flogen über die vom Regen der letzten Tage gefüllten Bäche. Atemlos drosselten sie das Tempo, als sie sich dem Haus näherten, und sofort verhärtete sich Deans Gesicht wieder zu der starren Maske, welche Devlin seit der Hochzeit andauernd bei seinem Bruder bemerkte.

Es plagte ihn ein schlechtes Gewissen, weil er Dean zu dieser Ehe gedrängt hatte. Aber irgendetwas in ihm war sich sicher gewesen, seinem kleinen Bruder damit einen guten Dienst zu erweisen. Wenn er sich da mal nicht getäuscht hatte.

Er lenkte sein Pferd neben Deans Wallach und wischte sich den Schweiß aus dem Nacken, während Dean schon die Zügel losließ und sich eine Zigarre aus der Weste zog. Die Pferde gingen gemächlich nebeneinander her und pflückten sich zur Belohnung einige saftige Büschel.

„Hast du dich zwischenzeitlich an die Ehe gewöhnt?", fragte Devlin, da er endlich genau wissen wollte, was seinen Bruder so bedrückte.

Ein Schnauben, gefolgt von einem Rauchkringel, der sich in der Frühlingsluft auflöste, waren die einzige Antwort.

„So schrecklich kann es doch gar nicht sein, oder? Amelie ist jung, hübsch und macht einen freundlichen Eindruck. Ich denke, du hättest es schlimmer treffen können."

„Ich habe nicht vor, dieser Ehe eine Chance zu geben, Dev. Amelie kann so schön sein wie ein Engel, so gut duften wie ein frisch gebackener Kuchen – ich fühle mich einfach von ihr verraten. Niemals werde ich ihr vertrauen können und immer wissen, welche egoistischen Motive sie zu mir geführt haben. So eine Frau will ich nicht!"

Devlin war erschüttert. Er hatte nicht erwartet, dass Dean, der dazu neigte, allem etwas Gutes abzugewinnen, und aus jeder Situation das Beste machen konnte, so hart gegen seine eigene Frau sein konnte.

„Was willst du dann? Du kannst nicht ewig so weitermachen. Willst du den Rest deines Lebens mit dieser Trauermine herumlaufen und in Selbstmitleid versinken?"

Dean funkelte seinen Bruder böse an.

„Nein, natürlich nicht. Da du es gerade ansprichst, kann ich dir auch gleich sagen, dass ich übermorgen zurück nach London gehe. Lady Rochester gibt einen Ball, und ich kann es kaum erwarten, von hier zu verschwinden."

„Lady Rochester? Bist du von Sinnen? Was denkst du, werden die Gentlemen sich in den Clubs erzählen, wenn du dich wenige Wochen nach deiner Hochzeit schon wieder bei deiner Mätresse sehen lässt?"

„Sie werden annehmen, dass ich des Ehelebens schnell überdrüssig geworden bin", gab Dean gelangweilt zu.

„Was sagt Amelie dazu?"

„Ich habe sie nicht gefragt."

Dean grub seine Stiefel in die Flanken seines Pferdes und duckte sich über den Hals des Tieres, als er Devlin hinter sich zurückließ.

Kopfschüttelnd ritt er Dean nach, ohne eine Idee, wie er seinem Bruder helfen konnte. Der Fluch der Windham-Männer schien sich erneut zu erfüllen.

Amelie hatte in den letzten Tagen tatsächlich zu so etwas wie innerer Zufriedenheit gefunden. Nach den Aufregungen um die Hochzeit und ihren Einzug in das unfertige Woodland House entspannte sie sich nun langsam. Zusammen mit dem Personal hatte sie die Möbel arrangiert, Vorhänge ausgewählt und Wandbehänge ausgeklopft, bis auch der letzte Staub entfernt war und alles in heimeligem Glanz erstrahlte.

Dean hatte sie kaum zu Gesicht bekommen. Er war damit beschäftigt, den Kräutergarten umpflügen und einsähen zu lassen, den Heckenschnitt zu überwachen und im Stall alles für die Umsiedelung seiner Pferde von Windham Mannor vorzubereiten. Trotz des andauernden Regens war er kaum im Haus anzutreffen gewesen. Amelie wusste, dass er ihr aus dem Weg ging. In den ersten Tagen hatte sie darauf gehofft, die Zeit würde für sie arbeiten und er sicher irgendwann zur Vernunft kommen. Sie wusste nicht, wie sie diese Kluft zwischen sich überwinden sollten, wenn er ihr keine Gelegenheit zur Wiedergutmachung gab, aber zumindest schien seine Wut verraucht und einer kühlen Gleichgültigkeit gewichen zu sein.

Unglücklicherweise konnte sie ihr Gefühl für Dean von Tag zu Tag weniger als Gleichgültigkeit bezeichnen.

Wann immer sie, wie jetzt, am Fenster stand und ihn auf dem Pferd oder bei der Arbeit beobachtete, schlug ihr Herz schneller. Die Erinnerung an den einen Kuss, den er sich so grob von ihr geraubt hatte, entfachte eine Sehnsucht, die sie nicht benennen konnte, die sie aber in den Nächten wach liegen und atemlos lauschen ließ, wann er endlich sein Schlafgemach betrat. Da es durch eine Tür mit ihrem verbunden war, konnte sie hören, wie er seine Stiefel auszog, Wasser in die Waschschüssel goss und dann oft das Fenster öffnete, ehe er sich zu Bett begab.

Sie stellte sich vor, wie er nackt mit nassem Haar im Mondschein stand. Jede Nacht lauschte sie auf die Geräusche und fragte sich, ob er je daran dachte, die Tür zu ihrem Zimmer zu öffnen? Ob er je an sie dachte, wenn der Wind seine Haut trocknete?

Mit einem Fluch riss sich Amelie von ihren Tagträumen los und beschloss, dass ein Bad genau das Richtige wäre, um ihre überreizten Nerven zu beruhigen. Schließlich hatte sie einiges an Arbeit investiert, um das alte, im orientalischen Stil errichtete Badehaus, welches sich neben dem Haupthaus befand, wieder zum Leben zu erwecken. Sie hatte gebrochene Fliesen austauschen, eine Wasserleitung abdichten und frisches, duftendes Zedernholz für den Dampfkessel aufstapeln lassen.

Über einen sehr raffinierten Mechanismus wurde Wasser entweder über den Dampfkessel verdampft, sodass sich das Badehaus in ein Dampfbad verwandelte, oder erhitzt und in ein im Boden eingelassenes Becken gepumpt, um heiße Bäder genießen zu können.

So ein Bad würde ihre Sinne beruhigen und ihr vielleicht endlich eine entspannte Nachtruhe ermöglichen. Sie bat sogleich ihre Zofe, alles vorzubereiten.

Erschöpft, aber zufrieden schloss Dean die Schlafzimmertür hinter sich. Die Pferde waren untergebracht und gut versorgt. Damit hatte er alles erledigt und seine Anwesenheit hier auf Woodland House war nicht länger zwingend nötig. Und das war mehr als gut so! Es fiel ihm von Tag zu Tag schwerer, seiner Frau gegenüber den Gleichgültigen zu spielen. Er musste ihr inzwischen sogar aus dem Weg gehen, denn er fürchtete jedes Mal, wenn er ihre engelsgleiche Gestalt irgendwo erblickte, sie endlich für das, was sie ihm angetan hatte, zu strafen.

Aber die Richtung, in die seine Rachegedanken schweiften, beunruhigte ihn. Er wollte ihr am liebsten die Kleider vom Leib reißen und ihr zeigen, wie es wirklich war, *seine* Frau zu sein! Ihr deutlich machen, worauf sie sich eingelassen hatte, als sie ihre Falle über ihm hatte zuschnappen lassen. Sie mit seinem Körper zu seiner Sklavin zu machen, danach verlangte es ihn! Und das war es auch, was ihn ruhelos werden ließ, sobald er sein Gemach betrat. Zu wissen, dass er sich seine Rache nur nehmen brauchte – auf der anderen Seite dieser Tür –, war fast mehr, als er ertragen konnte, und selbst die eisige Luft der sternklaren Frühlingsnächte schaffte es nicht, sein Verlangen zu lindern.

Es wurde Zeit, Lady Rochester einen Besuch abzustatten, ehe er sich vor seiner *werten Gattin* blamierte.

Er zog die Klingelschnur, und sein Kammerdiener kam mit einer Flasche Whisky und der Zeitung herein. Dean ließ sich ein Glas reichen und nippte an der goldenen Flüssigkeit.

„Da nun die meisten Dinge hier geregelt sind, Peter, werde ich für einige Tage nach London fahren. Bereite bitte alles dafür vor."

„Natürlich, Mylord. Ich werde sogleich Lady Amelies

Zofe anweisen, deren Garderobe zusammenzustellen."

„Das wird nicht nötig sein. Die Lady wird mich nicht begleiten. Ich werde nicht lange fort sein, und Lady Weston ist noch sehr mit dem Haus beschäftigt."

„Oh ja, Lady Amelie hat ein wunderbares Gespür für das Haus. Habt Ihr gesehen, was sie aus dem Morgenzimmer gemacht hat? Und erst das alte Badehaus … es ist ein Wunder", schwärmte Peter. Dean räusperte sich, da es ihn störte, dass das Personal seiner ungewollten Ehefrau offenbar so große Zuneigung entgegenbrachte.

Zwei Gläser Whisky später schritt Dean unruhig in seinem Gemach auf und ab. Die Zigarre, die er sich eben angesteckt hatte, glomm unbeachtet vor sich hin und verfehlte heute ihre ansonsten immer beruhigende Wirkung. Peters Schwärmerei wollte Dean nicht mehr aus dem Kopf, und er hatte ein schlechtes Gewissen. Obwohl er die positiven Veränderungen im Haus sehr wohl bemerkte, brachte er es nicht über sich, Amelie dafür zu danken.

Er hatte die Augen vor allem verschlossen, was für ihn nach einem gemütlichen Heim aussah, denn das Wichtigste, eine *liebevolle, ehrliche* Frau, die dieses Haus für ihn zu einem Heim machen würde, fehlte ihm.

Trotzdem beschloss er hinunterzugehen und sich selbst davon zu überzeugen, dass alles, was Amelie geschaffen hatte, nur ein Trugbild, eine schlechte Kopie eines glücklichen Heims war.

Schon in der Halle war ihr weiblicher Einfluss nicht zu übersehen. Ein Bouquet aus herrlichen Frühlingsblumen auf dem Tisch verströmte seinen betörenden Duft, und die Lüster an den Wänden waren auf Hochglanz poliert worden. Ein dicker runder Teppich bedeckte den Boden, und die Stuckrosen über den Türen erstrahlten in einem frischen, pastellfarbenen Anstrich.

Mit verkniffener Miene öffnete Dean die Tür zum Morgenzimmer. Das Mondlicht flutete den Raum, wie es sonst nur die Morgensonne tat. Im bläulichen Schimmer offenbarte sich dem Hausherrn das Geschick, mit dem Amelie den Raum eingerichtet hatte. Zwei helle Sessel waren so ausgerichtet, dass man darin den Sonnenaufgang beobachten konnte. Ein filigranes Tischchen aus Rosenholz mit zart gedrechselten Beinen und einer Spitzendecke darauf bot genug Platz für das feine Teeservice und einen Teller Kekse.

Dean bückte sich nach einer leichten Decke, die in der Fensternische auf dem Boden lag. Sogleich stieg ihm Amelies Duft in die Nase. Sie roch doch nicht wirklich nach Kuchen? Seine Sinne mussten ihm einen Streich spielen. Er hob die Decke an sein Gesicht und atmete den warmen Hauch von Weiblichkeit ein. Hatte sie hier gestanden und den Sonnenaufgang beobachtet? Hatte sie sich in die Decke gehüllt, um sich zu wärmen? Er ließ seinen Blick aus dem Fenster schweifen. Über die Wiesen und Felder, über den nahen Waldrand, der dem Haus seinen Namen gegeben hatte, hinüber zu den Stallungen.

Er runzelte die Stirn und schüttelte den Kopf über einen Gedanken, der ihm gerade gekommen war. Nein, sicher hatte Amelie nicht hier gestanden, um ihn zu beobachten. Bestimmt hatte sie noch in ihrem warmen Bett gelegen, als er heute Morgen mit den ersten Sonnenstrahlen sein Pferd aus dem Stall geführt und es in der klaren Frühlingsluft gestriegelt und gesattelt hatte. Das war natürlich Unsinn. Die Decke konnte schon viel länger hier liegen.

Etwas unwillig musste er sich zwingen, seinen Herzschlag, der sich auf unerklärliche Weise beschleunigt hatte, wieder zu beruhigen, als er, noch immer grübelnd, den Weg ins Badehaus antrat, um zu sehen, was Peter zu solchen Lobeshymnen veranlasst hatte.

Amelie blinzelte. Der dichte Dampf aus dem Kessel verschleierte die Luft, und sie konnte kaum die Hand vor Augen sehen. Sie musste sich von Peter morgen die Funktionsweise des Kessels noch einmal erklären lassen. Sie hatte nicht vorgehabt, ein Dampfbad zu machen, aber bis sie den Hebel gefunden hatte, der das Ausströmen des Wasserdampfes verhinderte, war es schon zu spät. Jetzt füllte sich das Becken mit heißem Wasser, und die Mischung aus Milch, Honig und Rosenblättern, welche ihre Zofe ins Becken gegeben hatte, verströmte einen wunderbaren Duft. Im flackernden Licht der Kerzen streifte sie sich die Träger ihres Kleides von der Schulter und schlüpfte aus ihren Schuhen. Sie löste die Nadeln aus ihrer Frisur und schüttelte den Kopf, um die goldenen Strähnen zu befreien.

Der Schweiß hatte ihr Haar im Nacken befeuchtet, und auch zwischen ihren vollen Brüsten hatten sich Schweißperlen gebildet. Amelie schmeckte das Salz auf ihren Lippen. Barfuß und nur im Hemd trat sie an die inzwischen volle Wanne und streckte eine Zehe hinein. Es war herrlich. Ihr letztes Kleidungsstück sank zu Boden, und der heiße Dampf küsste ihre Haut, als ein eisiger Luftzug für einen kurzen Moment den weißen Schleier durchbrach.

Kapitel 7

London

Er war erleichtert, den kühlen Lauf der Pistole an seiner Wade zu spüren. Aber er ging nicht davon aus, heute in Gefahr zu sein, denn seinem Gegner auf einem Ball wie diesem über den Weg zu laufen, hielt er für unwahrscheinlich.

Ein letztes Mal glättete er sein blondes Haar und nahm Haltung an. Mit geschlossenen Augen nahm er den Duft der Londoner Gesellschaft in sich auf. Den Geruch des Geldes, des Goldes und der Gier. Er lauschte den Lauten der in der Luft liegenden Erregung, dem Lachen erhitzter Frauen, die auf der Suche nach Befriedigung waren, und dem samtenen Flüstern der Männer, die ihnen diese versprachen. Dies war seine Welt, und er hatte sie vermisst. Mit aller Macht drängte er das Bild seiner *Sirene* in den Hintergrund und versuchte zu vergessen, dass sie allein es war, für die er brannte. Dann öffnete er die Augen.

Als er die Eine sah, wegen der er heute hierhergekommen war, sie tatsächlich in der bunten Menge ausmachen konnte, lächelte er und trat in den Ballsaal. Sogleich zog er die Blicke der in der Nähe stehenden Damen auf sich. Fächer wurden aufgeklappt, um zu verbergen, wie die Augen dahinter jeder seiner eleganten Bewegungen folgten. Oh ja, dies war seine Welt. Er grüßte, verneigte sich leicht vor einigen Herren, ehe er zielstrebig den Saal durchschritt.

Sie bemerkte ihn. Er sah, wie ihr alle Farbe aus dem

Gesicht wich, beobachtete, wie sie sich Hilfe suchend umsah, ehe sie ihm wieder mit angstgeweiteten Augen entgegenblickte. Sie rang um Fassung, und er spürte, wie ihn die altbekannte Erregung durchströmte.

Mit einer formvollendeten Verbeugung und einem Handkuss, der den Begleiterinnen seiner Auserwählten das Blut in die Wangen trieb, begrüßte er die zitternde Frau, ehe er sie, ohne ein einziges Wort zu sprechen, sogleich auf die Tanzfläche führte.

„Bonsoir, Madame", murmelte er in ihr aufgestecktes Haar und zog sie deutlich näher an seinen gestählten Körper, als schicklich war.

„Was …? Ihr? … Ihr seid zurück?", hauchte sie und blickte sich verstohlen um. „Ich hatte nicht gedacht, Euch wiederzusehen."

Er zeigte sein betörendes Lächeln.

„Das glaube ich nicht. Ihr müsst gewusst haben, dass ich zu Euch zurückkehren würde." Seine Zunge fuhr über ihren Hals, und sie versuchte, sich ihm zu entwinden, aber er führte sie in eine Drehung und zog sie stattdessen noch fester in seine Arme. „Vielleicht …", murmelte er. „… vielleicht habt Ihr mich herbeigesehnt, meine Taube?"

„Nein! Das habe ich nicht! Wie könnt Ihr es wagen?", fauchte sie und warf ihm einen bösen Blick zu. „Ich wünschte, Ihr wäret tot!"

„Nur weiter so, meine Liebe! Die Leute schauen schon", neckte er sie und positionierte seine Hand gefährlich nahe an ihrem Hinterteil. „*Diesen* Wunsch kann ich Euch nicht erfüllen, aber wenn Ihr nicht wollt, dass jeder hier erfährt, *welche* Wünsche ich Euch bei unserem letzten Treffen erfüllte, dann solltet Ihr heute besser die meinen erfüllen."

Wenn es überhaupt möglich war, hatten seine letzten Worte sie noch blasser werden lassen. Sie stolperte über ihre Füße und musste sich an ihn klammern, um nicht zu fallen.

„Bitte nicht! Tut mir das nicht an!", flehte sie mit brüchiger Stimme. „Was wollt Ihr? Das Geld? Ich bezahle! Gleich morgen! Ich schwöre bei Gott, wenn Ihr verschwindet, bekommt Ihr, was Ihr wollt."

Er lachte. Sein volles Lachen schallte durch den Saal, und einige der jüngeren Mädchen seufzten sehnsüchtig. Mit giftigen Blicken versuchten sie zu ergründen, warum der attraktivste Mann des Abends ausgerechnet mit einer alternden und zudem verheirateten Matrone tanzte.

„Meine Liebe, ich bekomme in jedem Fall, was ich will. Egal, ob ich bleibe oder verschwinde."

Er wirbelte sie in die nächste Drehung, und, als sie wieder bei ihm war, zog er sie mit dem letzten Takt der Musik fest an seine unnachgiebige Brust.

„Gestattet, dass ich Euch zu Eurem Mann geleite, Lady Archer. Er sieht übrigens nicht gerade erfreut aus, wenn Ihr mich fragt. Was ihm wohl so viel Kummer macht?", fragte er, und die Kälte in seiner Stimme strafte seinen unschuldigen Blick Lügen. „Ich erwarte das Geld morgen!"

Kapitel 8

Woodland House

War dies ein Traum? Dichter Nebel schlug über Dean zusammen, als er die Tür zum Badehaus hinter sich zuzog. Nein, die feuchte Hitze, der betörende Duft nach Rosen – das war real. Aber, wenn es kein Traum war, was hatte er dann eben gesehen? War dies die Wirklichkeit, oder spielte ihm sein whiskyumnebeltes Gehirn einen Streich? Whiskyumnebelt? Er hatte nur zwei Gläser getrunken. Bei Weitem nicht genug, um Trugbilder und Hirngespinste entstehen zu lassen. Und ihm war auch noch nie so ein unwiderstehliches Trugbild untergekommen. Kein Hirngespinst hatte je sein Verlangen derart heiß auflodern lassen wie dieser Anblick.

Amelie stockte der Atem. Einen kurzen Augenblick hatte der Windhauch den Dunstschleier gelüftet. Obwohl ihr nun der Nebel schon wieder die Sicht trübte, war sie sich sicher, gesehen zu haben, wie ihr Mann ins Badehaus trat. Sie spürte mit jeder Faser ihres Körpers, dass sie nicht länger allein war.

Sie trat einen Schritt vom Becken zurück und überlegte fieberhaft, was sie nun tun sollte, als seine Worte die Stille durchschnitten.

„Es ist Euch also tatsächlich gelungen, das Dampfbad wieder in Schuss zu bringen."

Seine Stimme kam aus dem Dunst vor ihr. Wo war nur ihr Hemd? Der weiße Stoff war in der wabernden Hitze nicht auszumachen, und Amelie versuchte, ihre Blöße mit den Händen zu bedecken.

„Was tut Ihr hier? Bitte geht, ich möchte ein Bad nehmen!", rief sie.

Amelie spitzte die Ohren und glaubte, ein dumpfes Lachen zu ihrer Rechten zu vernehmen.

„Schuld lässt sich nicht so einfach abwaschen", erklärte er, und seine Stimme klang sehr nahe.

„Lord Weston, ich bitte Euch. Können wir das nicht ein andermal besprechen? Ich habe Euch schon versichert, wie sehr es mir leidtut."

Es gelang ihr nicht, ihre aufsteigende Panik in ihrer Stimme zu verbergen, und mit weit geöffneten Augen suchte sie den Nebel nach dem Mann ab, dessen Nähe sie fürchtete, weil …

„Erinnert Ihr Euch? Ich habe gesagt, dass Ihr noch erfahren werdet, welchen Preis ich für dieses Arrangement verlange. Wie wäre es mit einer Anzahlung, ehe ich morgen nach London reise?", flüsterte er, und sie meinte, seinen Atem auf ihrer Haut zu spüren. Alle ihre Sinne waren auf ihn gerichtet, und ihr Herz überschlug sich, als der raue Klang seiner Stimme nur *eine* Deutung zuließ.

Eigentlich hatte Dean vorgehabt, Amelie nur ein wenig zu erschrecken. Ihr nur zu zeigen, dass ihre erzwungene Ehe ein Fehler gewesen war, aber das flüchtige Bild ihres nackten, makellosen Körpers, umhüllt von duftendem Dampf, hatte sich ihm in die Netzhaut gebrannt und stachelte ihn nun dazu an, sich ihr zu nähern. War sie wirklich so schön? Er musste es wissen.

Der Schweiß rann ihm den Rücken hinunter, und sein Hemd klebte an seiner Brust. Wie ein Jäger pirschte er sich durch den Dunst, lauschte auf ihre Atemzüge und wartete geduldig auf einen Luftzug, der ihm den Weg zu ihr weisen würde.

„Mylord, bitte …", hauchte sie, und er spürte, wie sie unter seiner Berührung zusammenzuckte, als er die Hand nach ihr ausstreckte.

„Dean", verlangte er, als er seinen Blick besitzergreifend über ihren Leib wandern ließ. „Wir sind verheiratet. Nennt mich Dean, wenn Ihr, so wie jetzt, nackt vor mir steht."

Obwohl sie noch immer versuchte, ihre Blöße zu bedecken, raubte ihr Anblick Dean den Verstand. Ihre bebenden Lippen, die riesigen, angstgeweiteten Augen, der schimmernde Schweiß auf ihrer makellosen Haut. Er fuhr mit dem Daumen über ihr Kinn, zwang sie, ihn anzusehen und verlor sich beinahe in dem leuchtenden Blau ihrer Augen, während seine Hand den Körper seiner jungen Frau erforschte. Feste Brüste reckten sich ihm entgegen, füllten seine Hand, als wären sie eigens für ihn gemacht, und, als bei seiner Berührung ihre Knospen erblühten, wuchs sein Verlangen.

„Mylord!", ignorierte sie seinen Befehl und wand sich verschämt unter seinen erkundenden Fingern.

Dean hatte schon viele Frauen gehabt, schon oft gesehen, wie sich die Augen seiner Partnerinnen vor Erregung verdunkelten, aber Amelies überraschtes Leuchten, das plötzliche Weiten ihrer Pupillen, als er sie berührte, ließen ihn stöhnen. Diese unglaubliche Mischung aus Unschuld und einem Körper, der für die Liebe gemacht schien, war einfach zu köstlich, als dass er ihr widerstehen konnte.

„Sag meinen Namen!", verlangte er, als er ihre Taille mit beiden Händen umschloss, sie gegen seine harte Männlichkeit zog und ihren Hals mit Küssen bedeckte.

Er fühlte ihren Puls unter seiner Zunge rasen, spürte

ihren beschleunigten Herzschlag und ihren stoßweisen Atem auf seiner Haut.

„Bitte, *Dean* – hört auf", hauchte sie, auch wenn nur wenig Nachdruck in dieser Bitte lag.

Seinen Namen auf diese zaghafte Weise über ihre Lippen kommen zu hören, schien ihm wie der Erfüllung aller Träume. Mit einem animalischen Laut der Begierde hob er sie hoch, verschloss den Protest auf ihren Lippen mit einem tiefen Kuss und trug sie zum Becken. Voll bekleidet stieg er mit ihr in das duftende Wasser und schob sich über sie. Gefangen im seidigen Nass, zwischen Becken und seinem Körper, gab es für sie kein entrinnen. Sie schmeckte süßer als Honig und benebelte seine Sinne mehr als der stärkste Wein, sodass er selbst zu bersten drohte, als er seine Finger liebkosend in dem Dreieck seidigen Haares zwischen ihren Schenkeln vergrub.

Als das heiße Wasser Amelies Körper umspülte, klammerte sie sich an die kräftigen Schultern ihres Mannes, nicht länger in der Lage, sich ihm zu widersetzen. Zu verlockend waren diese neu erwachten Gefühle. Seine Zunge plünderte ihren Mund, und der Stoff seines Hemdes reizte ihre Brustwarzen, sodass köstliche Blitze durch ihren Körper zuckten. Er entfachte ein Feuer, welches in ihrer Mitte alles zum Schmelzen brachte und ihr Blut in einen glühenden Lavastrom verwandelte. Erschrocken über die Lust, die er in ihr erweckte, wölbte sie sich seinen Fingern entgegen, als er das Heiligtum ihrer Weiblichkeit berührte. Sie schnappte nach Luft, und ihr heiseres Keuchen hallte laut durch die neblige Stille.

Dean trank ihre Seufzer und verlor sich in ihrer wachsenden Erregung. Sein harter Schaft verlangte schmerzhaft danach, sich in ihre seidige Hitze zu versenken, sie bis in die Tiefe auszufüllen und ihren weichen, zuckenden Körper um sich zu fühlen. Ihre leidenschaftliche Reaktion auf seine Berührungen steigerte sein Verlangen, aber er wollte sie quälen, sie immer weiter reizen, bis sie seinen Namen rief und ihn anflehte, sie zu nehmen – sie endlich zu seiner Frau zu machen.

Er strich über ihre kleine harte Knospe, öffnete ihre Blütenblätter und glitt langsam in ihre Tiefe, ehe er, selbst um Atem ringend, seine Finger zurückzog. Amelie wimmerte, und Dean wusste, wie sehr sie die Erlösung herbeisehnte. Ihm selbst ging es nicht anders. Sie rieb ihr Becken rhythmisch an seinem Schenkel und hob ihm ihre Brüste entgegen. Er küsste ihre rosige Spitzen, saugte sie in seinen Mund und umkreise sie mit seiner Zunge. Ihr Keuchen trieb ihn immer weiter. Zart grub er seine Zähne in ihr Fleisch und jubilierte, als sie ihre Fingernägel in seinen Rücken grub.

Mit letzter Selbstbeherrschung ließ er sie los. Er sah hinab auf den vor ihm im milchigen Wasser treibenden Körper, auf die aufgerichteten rosigen Spitzen ihrer kecken Brüste, die gespreizten Schenkel, wundgeküssten Lippen und ihre weit geöffneten Augen, in denen er Verwirrung entdecken konnte.

Schnell trat er noch weiter zurück. Er wusste, die nächste Berührung würde sie zum Gipfel führen. Schon ein weiterer Kuss würde die Welle der Lust über ihr brechen lassen. Aber dies würde sie von ihm nicht bekommen.

„Diese Anzahlung genügt für heute. Aber irgendwann, Mylady, werde ich den ganzen Preis fordern."

Damit stieg er aus dem Wasser, verschwand ohne einen weiteren Blick im weißen Dunst und wünschte sich nichts sehnlicher, als umzukehren und zu beenden, was er angefangen hatte.

Kapitel 9

Zwei Tage später

Stürmisch wie zwei junge Mädchen fielen sich Fiona und Amelie in die Arme. Sie redeten wild durcheinander, als sie dem überraschten Peter Fionas Hut und Mantel in die Hand drückten und sich sogleich ins Morgenzimmer zurückzogen.

„Meine Liebe! Es ist so schön, dich zu sehen! Wie geht es dir? Lass dich ansehen – er misshandelt dich doch hoffentlich nicht, oder?", rief Fiona aufgeregt und schob Amelie eine Armlänge von sich, um sie von Kopf bis Fuß zu mustern. „Das würde dein Vater sicher nicht zulassen!"

Amelie schüttelte entschieden den Kopf.

„Aber nein! Mir geht es gut. Es ist nur …"

„Du kannst dir nicht vorstellen, wie sehr mich das erleichtert. Als ich deinen Brief bekam, war ich in großer Sorge. Zwischen den Zeilen sprang mich dein Unglück geradezu an", erklärte Fiona und fasste sich an die Kehle.

Amelie musste sich ein Lächeln verkneifen.

„Zwischen den Zeilen? Sei nicht albern, ich habe geschrieben, wie sehr wir uns geirrt hatten, und dass ich in einer Ehe mit Ansley nicht unglücklicher hätte sein können als in dieser! Aber danke, dass du sensibel genug bist, diese offensichtliche Schilderung richtig zu deuten."

Fiona riss die Augen auf, ehe sich beide lachend in die Arme fielen.

„Nun gut …", sagte Fiona schließlich, „… wenn er also nicht grob zu dir ist, was ist dann der Grund für dein

Unglück?"

Amelie atmete tief durch. Sie fand keine Worte, ihre Gefühle zu beschreiben. Seit Dean sie im Badehaus verlassen hatte, kam sie sich wie ein Schiff vor, welches in einem Sturm herumgewirbelt wurde – ohne Kapitän und ohne Anker. Sie fürchtete zu kentern, wenn ihr keiner zu Hilfe kam. Verlegenheit färbte ihre Wangen rot, und sie biss sich nervös auf die Lippen.

Fiona hob die Augenbrauen.

„Ist es etwas, was er im Ehebett von dir verlangt?"

Amelie, die gerade nach der Teekanne gegriffen hatte, verschüttete vor Schreck etwas von der heißen Flüssigkeit, als sie Fiona entsetzt anstarrte.

„Nein!", rief sie entrüstet, während sie den Tee vom Tisch tupfte. „Oder ... zumindest nicht direkt ...", verbesserte sie sich schließlich. „... Er hat mich im Ehebett noch nicht besucht. Er geht mir aus dem Weg, wann immer er kann."

„Wirklich? Er hat die Ehe nicht vollzogen?"

„Nein. Und nun ist er wieder nach London gefahren. Vermutlich liegt er in diesem Moment im Bett seiner Geliebten – und ... ich sage dir eines, Fiona: Mir macht das etwas aus! Ich finde die Vorstellung furchtbar!"

„Unsinn! Du findest das nur furchtbar, weil du eine zu romantische Vorstellung davon hast, was sich zwischen Mann und Frau abspielt. Wenn er erst seine schwielige Hand lüstern über deinen Körper gleiten lässt, dann wirst du ebenso froh sein, ihn weit weg in London zu wissen, wie ich es bin, wenn Vincent außer Haus ist."

Amelies Wangen glühten noch heißer, als sie die Augen niederschlug und kaum hörbar widersprach.

„Nein, Fiona! Das ist es ja gerade! Ich ertrage es kaum, mir auszumalen, dass er Lady Rochester so berührt, wie er mich … nun, ich meine … es gehört sich eben nicht!"

„Was?"

Fionas Stimme hallte durch den Raum. Ungläubig suchte sie in Amelies Gesicht nach Bestätigung für ihren Verdacht. „Du hast gesagt, er hat dich noch nicht berührt."

„Das habe ich nicht gesagt! Ich sagte, er hat mir nicht beigewohnt, aber … ähm … nun … berührt hat er mich … schon! Und das Schlimmste ist: Es hat mir gefallen. Ich weiß, ich bin schamlos und verdorben, genau, wie Vater es immer gesagt hat. Und Adrian, was würde er davon halten? Ich hintergehe ihn", jammerte Amelie.

„Sei nicht lächerlich! Du kannst Adrian nicht hintergehen, weil es nichts gibt, was euch verbindet. Ein Mann wie er ist nichts für eine Frau wie dich!"

„Du hörst dich an wie mein Vater, dabei kann man ein liebendes Herz nicht lenken", widersprach Amelie heftig.

„Pah! Waren das Adrians Worte? Hat er dich mit diesem Unsinn dazu gebracht, dich in ihn zu verlieben?"

Fiona stand auf und umarmte ihre Freundin. „Hör mir zu, meine Liebe, du weißt, ich will immer nur dein Glück, aber in dieser Sache teile ich die Meinung deines Vaters. Vergiss Adrian endlich! Himmel! Er war der Rittmeister in deines Vaters Ställen, der hoffte, durch dich an Geld und Titel zu gelangen."

„Nein! Du irrst dich! Er liebt mich! Und eines Tages wird er zurückkommen und erkennen, dass ich seiner Zuneigung nicht wert war."

„Falls er eines Tages zurückkehrt, wird er in erster Linie feststellen, dass du verheiratet bist", belehrte sie Fiona und stemmte energisch ihre Hände in die Hüfte. „Und dass dir die Berührungen deines Gatten nicht unangenehm sind, macht dich noch lange nicht zu einem verdorbenen Frauenzimmer. Ich wünschte, ich hätte so ein Glück!"

Irritiert über ihre eigenen Gefühle ließ sich Amelie in den Sessel fallen und schloss die Augen. Sie fühlte sich schuldig. Sie wünschte, sie könnte die Zeit zurückdrehen.

Der laue Sommerabend hatte den Himmel damals in flammendes Rot getaucht. Ihr sechzehnter Geburtstag hatte in diesem Farbenspiel einen würdigen Ausklang gefunden. Die gescheckte Stute schritt unter ihrer Führung elegant zurück zum Stall. Dort nahm ihr Adrian die Zügel aus der Hand, und ihr Vater half ihr aus dem Sattel. Der neue Damensattel und die Stute waren sein Geschenk an sie, und Amelie hatte den Ausflug in vollen Zügen genossen. Ihr Vater hatte zuvor stolz berichtet, dass *Sparkle* extra für sie von Adrian Clark, dem neuen Rittmeister, zugeritten worden sei.

Gemeinsam gingen sie zum Stall zurück, wo Amelies Vater sich schließlich entschuldigte. Er habe noch zu tun. Amelie jedoch wollte ihr Pferd noch nicht verlassen, und so ging sie zusammen mit Adrian in den Stall und bewunderte sein Geschick im Umgang mit dem Tier. Im goldenen Licht der untergehenden Sonne, welches durch das Tor hereinfiel, sah Adrian für sie aus wie ein Gott. Sein goldenes Haar glänzte im Licht, und sein Lächeln machte sie sprachlos. Ohne Mühe verrichteten seine starken Hände ihre Arbeit, und immer wieder sah er sie verstohlen an.

Als er schließlich fertig war, setzte er sich zu ihr auf einen Holzbalken und zwinkerte ihr zu.

„Mylady, erlaubt Ihr, dass ich Euch zu Eurem Geburtstag etwas schenke?"

Amelie nickte, und sie verlor sich in seinem bewundernden Blick. Er reichte ihr eine Spieluhr, und als Amelie den Deckel öffnete und die kleine Tänzerin ihre

Runden zur Musik drehte, zog er sie mit einer Verneigung auf die Füße und erbat einen Tanz.

Kichernd gewährte sie ihn und wusste sofort, dass sich so nur Liebe anfühlen konnte. Tagelang kam sie immer wieder zu Adrian in den Stall, tanzte mit ihm, lachte und genoss seine Bewunderung. Er war immer so charmant, bezauberte sie mit seinen Gedichten und betörte sie. Er schwor ihr ewige Liebe und verfluchte den Umstand, ihres Standes nicht würdig zu sein.

Amelie hatte das nie etwas ausgemacht. Die Aufmerksamkeit eines so attraktiven Mannes und seine tiefen Gefühle für sie überwanden auf dem Weg in ihr Vertrauen mühelos jede Konvention, und so zögerte sie auch nicht, als er ihr eines Abends, nach einem gemeinsamen Ausritt, im Stall einen zarten Kuss gab.

Dass dies das schmerzvolle Ende ihrer Liebe darstellen sollte, hatte Amelie selbst da nicht erkannt, als ihr Vater Adrian wutentbrannt niederschlug. Er kündigte ihm die Anstellung und drohte ihn zu töten, falls er es je wieder wagen sollte, seinen Grund und Boden zu betreten oder seiner Tochter zu nahe zu kommen. Von da an hatte der Earl of Lindale Amelie nur noch unter der strengen Obhut einer Anstandsdame außer Haus gelassen und sich sogleich bemüht, einen passenden Ehemann für seine Tochter zu finden. Als er meinte, in Lord Ansley einen passenden Kandidaten gefunden zu haben, hatte er angefangen, Amelie für die Ballsaison in London vorzubereiten.

Nie wieder hatte sie Adrian seither gesehen, aber sich beinahe jede Nacht ihres Lebens mit der Musik der Spieluhr im Ohr in den Schlaf geweint.

Aber schon Deans erster Kuss hatte dazu geführt, dass ihr ihre Zuneigung zu Adrian farblos und blass erschien.

Deans Kuss hatte sie erschüttert und atemlos gemacht. Wenn sie nun an Adrian dachte, der ihretwegen damals Arbeit und Zuhause verloren hatte, schämte sie sich furchtbar. Wie konnte sie so empfinden, wo ihr Ehemann sie doch verachtete? Wo der Mann, der die ersten zarten Gefühle in ihr geweckt hatte, sicher in seinem Kummer verging? Wie konnte sie da nur so schamlos sein und die stürmischen Berührungen von Dean herbeisehnen?

„Amelie? Hör auf, so trübsinnig Löcher in die Luft zu starren", rief Fiona sie in die Realität zurück. „Es gibt nur eine Möglichkeit. Wenn du auch nur einen Funken Zuneigung für deinen Gemahl empfindest, dann musst du versuchen, mit ihm glücklich zu werden! Und immerhin sieht er fantastisch aus!"

„Pah! Dean … er ist so … unberechenbar. Wie sollte ich mit so einem impulsiven Mann glücklich werden? Und mit Adrians Schönheit kann er sich nicht messen. Niemand könnte das!"

„Das ist doch Unsinn! Adrian kann vielleicht mit seinem Antlitz viele Frauen verführen, aber Dean sieht aus, als könne er *dein* Herz erobern, meine Liebe!"

Amelie schüttelte vehement den Kopf.

„Nehmen wir nur mal einen Moment an, ich würde gerne *erobert* werden, wie du sagst, dann scheint mein kriegerischer Mann die Strategie zu verfolgen, mich in diesen sicheren Mauern auszuhungern, während er sich vor den Toren mit Wein, Weib und Gesang auf den Angriff wappnet!", regte sie sich auf, und Fiona lachte.

„Da magst du recht haben! Darum müssen wir uns eine Kriegslist überlegen, die ihn überrumpelt. Du musst zu ihm nach London und ihm zeigen, dass er *dein* Mann ist."

„Ach, Fiona, wenn ich doch nur wüsste, was ich will."

„Werde dir klar, was du willst! Denn, solange ihr die Ehe nicht vollzogen habt, besteht immer die Möglichkeit, sie annullieren zu lassen", bemerkte Fiona.

„Oh nein, das würde ich nie tun! Diese Schande …"

„Du nicht, aber vielleicht dein unfreiwilliger Bräutigam."

Kapitel 10

Lucinda Rochester schnaubte enttäuscht, als Dean direkt, nachdem er die Augen aufgeschlagen hatte, sich anzukleiden begann. Er schien dabei große Eile an den Tag zu legen und schenkte ihr kaum Beachtung.

„Hast du einen Termin, mein Lieber, oder warum diese Hast?"

Er sah sie noch nicht einmal an.

„Einen Termin? Äh … ja, richtig. Ich muss weg. Lass dir so viel Zeit, wie du möchtest. Nimm ein Frühstück, ehe du gehst, und entschuldige, dass ich dir keine Gesellschaft leisten kann."

Lucinda rekelte sich auf dem Bett, und das Laken rutschte zu Boden. Nackt stand sie auf und trat zu ihrem Liebhaber.

„Das Frühstück interessiert mich nicht, Dean", säuselte sie und rieb sich an ihm.

„Lucinda, Liebes, es tut mir leid. Ich werde das wiedergutmachen, aber nicht jetzt. Sei nicht böse, ich weiß selbst nicht, was mit mir los ist. Darf ich dich später für das Mitternachtsorchester im Park abholen?"

Er schob sie sanft, aber bestimmt von sich und knöpfte bereits seine Weste zu. Ihre Chance war vertan, und so ließ sie sich enttäuscht zurück in die warmen Kissen fallen.

„Oder wir machen es uns im Bett gemütlich", schlug sie vor und leckte sich unmissverständlich die Lippen.

Dean trat an die Tür und lächelte.

„Sicher, ganz wie du wünschst. Nun entschuldige mich."

Damit trat er aus der Tür, und Lucinda schlug wütend auf die Bettdecke.

Was war nur mit ihm los? Warum floh er aus seinem eigenen Schlafgemach, wo ihm doch die schöne Lucinda gerade aufs Reizendste gezeigt hatte, was er verpasste? Aber anstatt sich in ihren Armen die dringend nötige Erleichterung zu verschaffen, quälte ihn nun neben seiner angestauten Erregung noch das schlechte Gewissen. Das war absurd! Er musste einer Frau, die ihn mit einem Netz aus Lügen zur Ehe gezwungen hatte, nicht treu sein. Er brauchte sich um ihre Gefühle keine Gedanken machen.

Aber warum wollte ihm dann ihr schönes Antlitz nicht mehr aus dem Kopf gehen? Warum vertröstete er seine Mätresse schon, seit er in London angekommen war? Lucindas gekonnter Verführung zu widerstehen, war ihm in den letzten Tagen sogar überraschend leicht gefallen, wie er zugeben musste. Zu viele Sorgen trübten sein Vergnügen. Blonde, engelsgleiche Sorgen.

Er eilte die gewundene Treppe hinab und wäre beinahe gefallen, als er die bekannte Stimme vernahm.

Neben seinem Kutscher und Peter, der etliche Koffer um sich geschart hatte und nicht gerade erfreut aussah, stand Amelie. Sie trug ein azurblaues Kleid, einen breitkrempigen Hut mit blau schimmernden Federn und Handschuhe, die bis zum Ellbogen reichten. Sie hatten ihn noch nicht bemerkt, und so beobachtete er, wie Amelie sich etwas unsicher in der Halle umsah.

„Nun, … lasst meine Garderobe in ein freies Zimmer

bringen, und dann seid so gut und sucht Lord Weston, damit ich ihn über meine Ankunft informieren kann."

Mit einem Räuspern trat Dean die wenigen Stufen hinunter.

Sein verschlossener Blick verhieß nichts Gutes, als er sich beinahe spöttisch vor Amelie verneigte. Sie hätte sich selbst ohrfeigen können für den Aufruhr ihrer Gefühle, den sein bloßer Anblick in ihr hervorrief. Was war das nur? Furcht?

Sein knappes „Mylady, was für eine Überraschung" ließ offen, ob er diese Überraschung schätzte oder nicht. Der Blick aus seinen grauen Augen wanderte über ihr Kleid und die Koffer. Mit mehr Mut, als sie in Wahrheit empfand, versuchte sie, Fionas Worte zu wiederholen und ihre Anwesenheit zu erklären.

„Guten Tag, Mylord. Mir wurden in Woodland House die Tage lang. Darum habe ich beschlossen, ebenfalls einige Zeit in der Stadt zu verbringen. Sicher habt Ihr nichts dagegen einzuwenden. Wir könnten eine kleine Soiree veranstalten, Mylord. Ich denke, das wäre ein großes Vergnügen."

Dean hob die Augenbrauen. Für so kühn hätte er seine Lady nicht gehalten, und ihr unsicherer Blick bestätigte seine Vermutung, dass es neu für sie war, für ihre Wünsche einzutreten. Herrje, da war sie wieder, diese unvergleichliche Mischung von verlockender Unschuld und reizendem Mut, die seine Sinne so verwirrte. Was sollte er denn jetzt tun? Er war aus Woodland House geflohen, um ihrer Nähe zu entrinnen, weil er nicht vorhatte, sich in seine Frau zu verlieben. Falls *Liebe* für ihn überhaupt möglich war, denn so wenig er an die Geschichte auch glaubte, musste er doch zugeben, dass kein Familienmitglied der

Westons in den letzten Generationen sein Glück in der Liebe gefunden hatte. Aber was auch immer ihn derart bewegte – Liebe, Lust, Verlangen … er fürchtete, die Kontrolle über sich zu verlieren, wenn er noch länger ihrer Schönheit ausgesetzt war.

Und auch jetzt hätte er ihr am liebsten den federbesetzten Hut vom Kopf gewischt und seine Hände in ihr goldenes Haar vergraben.

„Ihr habt mich also vermisst", forderte er sie heraus und, wie er erwartet hatte, errötete sie.

„Niemals! Ich … nun, ich dachte, wir sollten uns etwas besser kennenlernen, damit Ihr seht, dass unsere Ehe Euer Schaden nicht sein soll."

„Woher wollt Ihr wissen, welche Vorstellungen ich von unserer Ehe hatte?", fragte er mit gefährlich leiser Stimme. Immer, wenn sie auf diese Ehe zu sprechen kamen, verdüsterten sich Deans Gedanken, und Amelies Betrug weckte erneut seine Wut.

„Das weiß ich natürlich nicht. Aber Ihr könntet es mir verraten, dann würde ich versuchen, genau die Frau zu sein, die Ihr Euch gewünscht habt."

Ihr Hut warf einen Schatten auf ihre Augen, aber ihre rosigen, leicht geöffneten Lippen schienen für Dean eine Einladung zu allerlei sinnlichen Vergnügungen zu sein, und ihre leisen Worte jagten einen Schauer der Erregung durch seinen Körper, denn im Moment konzentrierten sich all seine Wünsche nur darauf, sie in sein Bett zu nehmen.

Ein freudloses Lachen hallte vom Kopf der Treppe zu ihnen herunter, und Dean hätte fluchen mögen, als sich alle Augen auf Lady Lucinda Rochester hefteten.

„Ist dies deine kleine Frau?", fragte sie und musterte Amelie unverhohlen. Bei jedem Schritt die gewundene

Treppe herab hüpften Lucindas Brüste so, als wollten sie dem großzügigen Ausschnitt ihres Kleides entfliehen. Ihre dunklen Locken fielen ihr lose bis auf die Hüften, und lange Wimpern verliehen ihr einen ausdrucksstarken Blick.

Dean, der nicht wusste, wie er die Peinlichkeit dieser Situation noch hätte abwenden können, wünschte Lucinda zum Teufel und suchte fieberhaft nach einer plausiblen Erklärung. Obwohl ihn halb London in den letzten Tagen an Lucindas Seite gesehen hatte, hätte er doch gerne vermieden, dass Amelie dachte, er habe die Beziehung zu seiner Mätresse wieder aufgenommen.

Während er noch sprachlos beobachtete, wie das Unheil in Gestalt der lasziven Lucinda immer näherkam, bemerkte er die Veränderung in Amelies Haltung.

Sie reckte den Hals, schob das spitze Kinn vor und drückte die Brust heraus. Auch wenn ihr Ausschnitt nur den Ansatz ihrer milchweißen Brüste zeigte, konnte sich der Anblick durchaus mit Lucindas Dekolleté messen, und ihr strahlendes Lächeln übertraf das selbstgefällige Grinsen ihrer Konkurrentin bei Weitem.

„Sehr richtig, meine Liebe", bestätigte Amelie und streckte Lady Rochester ihre behandschuhten Finger zum Gruß entgegen. Mit entwaffnender Offenheit fuhr sie, anscheinend ungerührt, fort: „... und ich vermute, Ihr seid Lady Rochester. Mir wurde schon berichtet, dass Lord Weston Eure Gesellschaft sehr schätzt, daher freut es mich, Eure Bekanntschaft zu machen. Ich muss Euch danken, das ... lüsterne Verlangen meines Mannes zu befriedigen, denn dadurch bleibe ich selbst von diesen unangenehmen Pflichten verschont."

Dean traute seinen Ohren nicht, und auch Lucinda starrte Amelie mit offenem Mund an. Ehe einer von ihnen etwas erwidern konnte, lächelte Amelie und entschuldigte sich.

„Da mich die Reise erschöpft hat, werde ich mich nun zurückziehen. Einen schönen Tag, Lady Rochester. Mylord."

Sie knickste elegant und eilte dann Peter hinterher, der ihr ein Zimmer weisen würde.

In staunendem Schweigen musste Dean seiner Frau für die Art, mit der sie diese Situation gemeistert hatte, Bewunderung zollen, während er wie ein stummer Trottel daneben gestanden hatte. Aber noch immer konnte er nicht glauben, was er gehört hatte. Ganz abgesehen davon, dass Amelie anscheinend keine Wut über Lucindas Anwesenheit am frühen Morgen in seinem Haus gezeigt hatte, war sie sogar so weit gegangen, zu behaupten, sie sei froh, ihm nicht im Bett gefällig sein zu müssen! Wie konnte dieser blonde Teufel es wagen, ihn so zu demütigen? Erst sprach sie davon, die Frau sein zu wollen, die er sich wünschte, um dann keine fünf Minuten später das Ehebett als *unangenehme Pflicht* zu bezeichnen!

Wie konnte sie annehmen, dass es ihr nicht ebenfalls Freude bereiten würde, mit ihm die Nacht zu verbringen? *Bisher hatte sich noch keine beklagt*, dachte er wütend und in seinem Stolz verletzt.

Er wurde einfach aus dieser Frau nicht schlau.

Eine Berührung an seinem Ärmel riss ihn aus seinen Grübeleien, und er wurde sich bewusst, dass Lucinda noch immer neben ihm stand.

„Womit hast du deine Gattin in der Hochzeitsnacht derart verschreckt, dass sie eine Mätresse unter ihrem Dach begrüßt?"

Dean funkelte Lucinda böse an und entwand ihr seinen Arm.

„Ach, sei still! Du kannst dir denken, dass eine Jungfrau allerhand unbegründete Ängste hegt. Und da meine Lady anscheinend nicht so fügsam ist, wie ihr Vater sie beschrieben hat und auf eigene Faust hierherkam …"

„Jungfrau? Sie ist noch Jungfrau?" Lucinda lachte und warf ihr Haar zurück. „Himmel, Dean, dich hat doch nicht etwa die Manneskraft verlassen?"

„Natürlich nicht! Und nun geh! Ich hole dich später, wie besprochen, ab."

„Dieser elende Mistkerl! Dieser Schuft! Oh, wie kann ein Mensch nur so widerwärtig sein?"

Amelie schritt kochend vor Zorn in ihrem Gemach auf und ab und feuerte ihren Hut auf den Boden. Am liebsten würde sie schreien vor Wut auf ihren vermaledeiten Esel von einem Mann. Sie riss das Fenster auf, um frische Luft hereinzulassen, da sie fürchtete, an ihren überbrodelnden Gefühlen zu ersticken. Warum hatte sie der überheblichen Lady Rochester nicht einfach die Handtasche um den Kopf geschlagen? Warum hatte sie diesen Unsinn erzählt? Es freute sie kein bisschen, die Bekanntschaft dieses ehrlosen Frauenzimmers gemacht zu haben! Und ganz sicher würde sie ihr niemals danken, Deans Verlangen zu befriedigen! Nein, wenn es nach ihr ginge, dann würde Lady Rochester in die Themse fallen und bis in die Nordsee gespült werden.

Wie konnte Dean es wagen, sich nur wenige Wochen nach der Hochzeit wieder mit seiner Mätresse einzulassen?

„Adrian würde mich nie so scheußlich behandeln!"

Amelie war so wütend, dass sie das leise Klopfen an ihrer Tür nicht bemerkte.

„Oh Adrian, du weißt nicht, wie sehr ich dich vermisse!", rief sie und schlug sich die Hände vors Gesicht, um ihre Tränen zu verbergen, als zwei starke Hände sie an den Schultern packten und herumdrehten.

Erschrocken blickte sie in die eisgrauen Augen ihres Ehemannes, und sein schmerzhafter Griff ließ sie aufschreien.

„Was fällt dir ein?", brüllte er, und es schien, als kühle sich der Raum merklich ab. „Hältst du mich für einfältig? Unser Ehebett als leidige Pflicht verunglimpfen und dabei den Namen eines anderen Mannes im Munde zu führen?"

Er stieß Amelie rückwärts auf das Bett und baute sich bedrohlich vor ihr auf. „Wenn du glaubst, Weib, du kannst mir Hörner aufsetzen, dann irrst du!"

Der Schreck trieb Amelies Puls in die Höhe und weckte ihren Kampfgeist. Schnell rollte sie sich auf die andere Seite und sprang aus dem Bett. Sie raffte fluchtbereit ihre Röcke, denn in Deans Blick stand Mordlust. Aber Amelie hatte nicht vor, sich kampflos zu ergeben. Schließlich war er das Scheusal.

„Pah! Ihr braucht gerade etwas sagen. Euer Bett ist doch noch nicht einmal kalt! Und ..., wenn ich Euch daran erinnern darf, die Frau, mit der Ihr es Euch gewärmt habt, war nicht die Eure!"

Amelie wich weiter zurück, als Deans Kiefermuskeln zuckten.

„Schweig, Weib! Das geht dich nichts an! Du hast mich in die Falle gelockt, und nun gefällt dir nicht, was du dir eingefangen hast? Aber du wirst lernen, damit zu leben! Und du wirst außerdem lernen, dass ich nicht davor zurückschrecken werde, dich zu bestrafen, sollte ich dich in der Nähe eines anderen Mannes finden."

Der Paravent in ihrem Rücken verhinderte eine weitere

Flucht. Amelie sah sich nach einer Waffe um, und riss den Kerzenhalter an sich, als Dean ihr über die Matratze nachfolgte.

„Ihr seid von Sinnen!", rief sie, als er immer näherkam. „Was sollte es Euch interessieren, was ich tue? Ihr liebt mich nicht. Ihr liebt niemanden. Darum habe ich Euch erwählt!"

„Was soll der Unsinn? Was weißt du schon über mich?"

Er hatte sie erreicht und ihr mit einer einzigen Bewegung den Kerzenständer entwendet. Krachend fiel das kupferne Stück zu Boden, und Amelie war zwischen dem Paravent und Deans unnachgiebiger Brust gefangen.

„Die Windham-Männer lieben nicht, das weiß doch jeder", flüsterte sie und fragte sich, ob das Zittern in ihren Gliedern der Furcht zuzuschreiben war oder der Erinnerung an das letzte Mal, als sie ihm so nahe gewesen war.

„Wie konnte ich das nur vergessen? Die allseits bekannten Legenden um meine Familie."

Er umfasste ihre Taille und zog sie an seine Brust.

„Im Allgemeinen sehr hilfreich, um naive Mädchen auf der Suche nach dem passenden Ehemann abzuschrecken. Darf ich also erfahren, warum mich gerade dies nach deiner Meinung als Heiratskandidaten qualifizierte?"

„Ich nahm an, dass ich Euch keine unsterbliche Liebe vorenthalte, wenn Ihr mich heiratet, weil Ihr zu derartigen Gefühlen ja nicht fähig seid", stammelte Amelie. Sie hatte Mühe, sich auf etwas anderes zu konzentrieren, als die von dunklen Bartschatten umgebenen Lippen vor sich.

Deans Hände hatten sich von ihrer Taille in Richtung ihrer Kehrseite verlagert und taten ihr Bestes, jeden klaren Gedanken im erregenden Feuer verglühen zu lassen.

„Und was …", murmelte Dean, „… wenn ich mir immer

eine Frau gewünscht habe, die verrucht und schamlos, willig und leidenschaftlich ist? Die mir von morgens bis abends Lust schenkt, wann immer ich dies wünsche? Denn was könnte ein Mann, der nicht liebt, schon anderes von seiner Gattin erwarten?"

Er zog sie an seinen Körper, ließ sie die pochende Männlichkeit unter seiner Kleidung fühlen und grub seine Hände in ihr Fleisch. Amelie fühlte sich, als hätte sie Fieber. Hitze wallte auf und breitete sich in Wellen in ihrem Körper aus.

„Sag mir, Amelie, wirst du mir etwa diese Frau sein?", hauchte er gegen ihre Lippen, ehe er ihre Antwort mit seinem Kuss erstickte.

Kapitel 11

Das milde Frühlingswetter trieb die jungen Damen und ihre Verehrer aus den Häusern in den Park. Sie flanierten über die geschotterten Wege und veranstalteten Picknicke im jungen Gras. Er selbst blieb nicht unbemerkt und genoss die Blicke der Weiblichkeit in seinem Rücken. Dieses Spiel, welches er so gut beherrschte, würde seine Geldsorgen lösen und ihm endlich die Gunst seiner *Sirene* schenken.

Er hatte nicht viel Überredungskunst gebraucht, seine alten Spielfiguren an seine Regeln zu erinnern. Sie waren schwach und hatten Angst, ihre Könige fallen zu sehen.

Um Perfektion bemüht, strich er sich das blonde Haar aus den Augen und taxierte die Gruppen. Ein fehlerhafter Schritt, und das Spiel wäre verloren. Doch hier lauerte keine Gefahr. Nur die werbenden Gecken, die lachenden Jungfern und die nach Aufmerksamkeit heischenden Ladys des Londoner Geldadels verlustierten sich an diesem sonnigen Tag im Park. Sein wahrer Gegner, der einzige, der wusste, wer er wirklich war, zeigte sich zum Glück nicht oft in seinem Jagdrevier.

Und genau diesen Widersacher würde er schlagen. Schon in einem seiner nächsten Züge würde er seinen Konkurrenten mitten ins Herz treffen.

Er wusste genau, wie er vorgehen musste. Nur seine wichtigste Figur hatte er noch nicht in sein Spiel eingeführt.

Sie würde aber die Krönung seines Spiels werden. Danach würden alle die Regeln verstehen. Keine würde mehr wagen, ihm zu verwehren, was immer er auch forderte – auch nicht seine *Sirene*.

Seine funkelnde Brokatweste glatt streichend, trat er auf eine Gruppe picknickender Frauen zu. Doch sein einnehmendes Lächeln galt nicht den jungen Damen, die in ihren schillernden Kleidern wie Farbtupfer auf einer Decke beisammensaßen, sondern der einen, deren Aufgabe darin bestand, den Anstand zu wahren. Lady Sotheby.

„Madame, der Frühling muss neben Eurer Schönheit voll Neid erblassen, da es ihm in all seinem Bemühen, die schönsten Blüten hervorzubringen, nicht gelingt, etwas so Unvergleichliches wie Euch zu erschaffen."

Er verneigte sich tief und ergriff die ihm dargebotene Hand zum Kuss, wobei er sie unauffällig hinter den Stamm einer Eiche zog. „Entschuldigt, wenn ich Euch mit meinen Worten zu nahe trete, aber noch nie hat mein Auge etwas Vergleichbares erfreut, noch nie mein Herz einen größeren Sprung gemacht als bei Eurem Anblick, hier unter all den Frauen, die neben Eurem Glanz nur wie traurige Schatten wirken."

Lady Sotheby verbarg die heiße Röte, die ihr in die Wangen schoss, kokett hinter ihrem Fächer, aber ihre geweiteten Augen ließen erkennen, dass sein erster Spielzug richtig platziert war.

„Mylord!", keuchte sie gespielt verschämt. „Ihr dürft nicht so mit mir sprechen." Sie streckte ihm demonstrativ ihre Hand mit dem Ehering entgegen. „Ich bin verheiratet."

Nach einem langen, verheißungsvollen Blick in Lady Sothebys Augen nahm er ihre Hand, führte sie an seine Lippen und drückte einen Kuss auf die Stelle, an der ihr beschleunigter Puls ihre Erregung verriet.

„Die schönsten Vögel sind in goldenen Käfigen gefangen. Ohne Hoffnung, je die Flügel zu strecken und sich in die Lüfte zu erheben."

Sein Blick brannte sich in ihren, während seine Zunge über ihren Handballen wanderte. Er ließ sie der Herzlinie über ihre empfindliche Handfläche folgen und endete erst an der Fingerspitze ihres Ringfingers. Ohne ihre Hand freizugeben, hob er mit seiner freien Hand ihr Kinn und fesselte ihren Blick. Ganz langsam nahm er ihren Finger tief in seinen Mund, umkreiste ihn mit seiner Zunge und erfreute sich an ihrem leisen Seufzen, als er seine Zähne um den goldenen Ring legte.

Langsam streifte er ihn ihr vom Finger.

Lady Sotheby atmete schneller, und er wusste, sie war wie Wachs in seinen erfahrenen Händen. Er nahm ihren Ehering zwischen seinen Zähnen heraus und führte ihre nun schmucklose Hand an sein Herz.

„Lasst mich Euch den Himmel zeigen, meine Taube. Ich werde Euch das Fliegen lehren", flehte er und verfehlte damit seine Wirkung nicht.

Das Spiel war so gut wie gewonnen.

Kapitel 12

Amelie stand in Flammen. Deans unerwarteter Kuss löste eine Lawine an Gefühlen in ihr aus, aber sie war noch nicht so weit zu vergessen, dass er ihr seine Mätresse direkt vor die Nase gesetzt hatte.

Mit aller Entschiedenheit stieß sie ihn von sich und verbarg ihre zitternden Hände, indem sie sie zu Fäusten ballte.

„Nehmt Eure Hände von mir! Was fällt Euch ein?"

Sie entwand sich seiner Umarmung und versuchte, Abstand zwischen sich und Dean zu bringen. Der sah verlockender aus denn je. Sein Haar war in Unordnung geraten, und ein Knopf seines Hemdes hatte sich während ihres Handgemenges gelöst und gab den Blick auf seine Brust frei. Feuer loderte in seinem Blick, der ihr wie der eines Raubtieres folgte.

„Ihr seid meine Frau, und ich hatte Euch davor gewarnt, mir unter die Augen zu kommen."

„Nun fällt Euch wieder ein, verheiratet zu sein? Habt Ihr nicht eben noch Lady Rochester beglückt? Ich hatte den Eindruck, es wäre Euch ganz gut gelungen, unsere Ehe zu verdrängen. Und wenn es nach mir geht, dann sollten wir das auch so belassen!"

Herrje, dieser Raum war eine einzige Falle. Es gelang Amelie kaum, die Distanz zu Dean zu vergrößern, denn er folgte ihr auf Schritt und Tritt.

„Warum? Weil ihr diesen Adrian *vermisst*? Liebt Ihr ihn

vielleicht, oder habt Ihr Euch ihm gar hingegeben? Brauchtet Ihr deshalb so dringend einen Ehemann?", brüllte Dean und packte sie an ihren Haaren.

Amelie schrie vor Schmerz auf und versuchte, nach Dean zu schlagen, aber seine Arme waren viel länger als ihre, und er hielt sie mühelos auf Abstand.

„Lasst mich los! Wie könnt Ihr es wagen?" Amelie kämpfte ihre Tränen zurück. „Seit wir verheiratet sind, habt Ihr mich zurückgewiesen! Hättet Ihr diese Ehe vollzogen, wüsstet Ihr die Antwort auf Eure Frage, Mylord!"

„Dafür ist es noch nicht zu spät", fauchte er, hob sie hoch und trug sie zum Bett, ihren Widerstand ignorierend. Als er sie mit seinem Körper in die Matratze drückte und sein zorniger Blick sich mit Verlangen füllte, bekam Amelie Panik. Sie wollte, dass er sie mit seinem Körper in Besitz nahm. Dass er ihrer Ehe eine Chance gab. Er sollte erkennen, wie falsch er mit seiner Unterstellung lag, und sie sehnte sich danach, seine Hände auf ihrer Haut zu spüren. Aber nicht so! Nicht mit dieser Wut und diesem Misstrauen. Nicht, wenn er es tat, um sie zu strafen. Und ganz sicher nicht jetzt, wo Lady Rochesters Schweiß vermutlich noch an seinem Körper klebte.

„Wenn Ihr mich jetzt nehmt, … werde ich Euch das nie verzeihen, Dean!", beschwor sie ihn. „Seht Euch an – ist es das, was Ihr wollt?"

Amelies angstgeweiteten Augen und das Flehen in ihrer Stimme drangen durch Deans zornumnebeltes Gehirn, und er erkannte mit Erschrecken, dass er die Kontrolle über sich verloren hatte. Seine Männlichkeit pochte schmerzhaft nach Erlösung, wollte endlich seine Braut erobern und sie jeden anderen Mann vergessen lassen! Aber sie hatte recht. Wenn es eine Möglichkeit auf Glück für sie geben sollte, dann war er gerade dabei, sie zu zerstören. Und so aufgebracht er auch in diesem Moment war, wusste er, dass diese winzige Hoffnung auf Glück wichtiger war als die Luft zum Atmen.

Er gab ihre Hände frei und erhob sich. Verschämt strich er sich das Haar aus der Stirn und reichte Amelie versöhnlich die Hand, um ihr aufzuhelfen.

„Ihr habt recht. Bitte entschuldigt."

Er drehte ihr den Rücken zu und ging zur Tür, wo er noch einmal stehen blieb. Sein Blick über die Schulter war nachdenklich.

„In Eurer Gegenwart erkenne ich mich kaum wieder, Amelie. Das mag ein schwacher Trost für Euch sein, aber es ist meine einzige Erklärung für …", er machte eine allumfassende Handbewegung, „… für dieses Dilemma."

Damit trat er in den Flur und wäre am liebsten davongerannt, aber ihre Hand auf seiner Schulter hielt ihn zurück.

„Sagt mir eines, Dean, können wir nicht noch einmal ganz von vorne beginnen?"

Ihre Augen, blau wie der wolkenlose Himmel, versprachen so viel Freude, und ihre rosigen Lippen waren wie der Frühling, der versuchte, das Eis des Misstrauens in Deans Seele zum Schmelzen zu bringen. Er wusste, dass er sie begehrte. Mehr begehrte, als er je Lady Rochester oder eine seiner anderen Eroberungen begehrt hatte. Und er erkannte, dass der grausame Stachel der Eifersucht sich beim Klang des fremden Männernamens tief in sein Fleisch gegraben hatte. Er war aus Woodland House geflohen, um sich nicht in seine Frau zu verlieben – aber es schien, als sei es dafür längst zu spät.

Der leise Klang der Hoffnung in seinem Herzen versuchte, gegen den lauten Ruf der Legende der Windhams anzukommen.

„Amelie, ich … ich würde Euch gerne heute Abend ausführen. Vielleicht … nun …"

„Sehr gerne", stimmte sie schnell zu, und die echte Freude in ihrer Stimme übertrug sich auch auf ihn.

„Ein Mitternachtsorchester – im Park. Was haltet Ihr davon?"

Als Amelie ihm zur Antwort ein strahlendes Lächeln schenkte, fühlte sich Dean, als sei er ein unerfahrener Jüngling, der gerade das erste Mal eine schöne Maid angesprochen hatte.

Die Nacht war mild, aber noch keine laue Sommernacht. Unter einer mit Lichtern und bunten Lampions geschmückten Kuppel hatte sich das Orchester eingefunden. Die Blasinstrumente waren glänzend poliert und spiegelten den Lichterzauber wieder. Der Himmel trug sein strahlendstes Sternenkleid zur Schau, und im See hinter der Bühne schimmerte golden das Abbild des Mondes mit seinem Gegenstück unter dem Firmament um die Wette.

Danielle Langston genoss das Gefühl von Devlins Arm, der um ihre Taille lag. Obwohl sie wusste, dass Devlin gesellschaftliche Veranstaltungen lieber mied, spürte sie auch bei ihm die Vorfreude auf das Orchester. Es war wirklich romantisch hier im mitternächtlichen Park. Würde es kälter werden, wäre es ganz natürlich, näher an Devlin zu rücken, als allgemein in der Öffentlichkeit schicklich. Dabei gab dieser ohnehin nicht viel auf Konventionen – hatte sie ihn schließlich zum ersten Mal gesehen, als er eine Dame auf einer Soiree zu verführen gedachte.

Bei der Erinnerung an diesen Abend vor über zehn Jahren wurde ihr selbst jetzt noch heiß. Glücklich sah sie Devlin an, und das Funkeln in seinen Augen versprach ihr auch für heute eine leidenschaftliche Nacht. Zum Glück erhaschte sie gerade einen Blick auf Dean, der am anderen Ende des bestuhlten Parketts in den Lichtkreis der unzähligen Lampen trat, denn ihr wurden bei Devlins verheißungsvollem Lächeln die Knie weich.

„Sieh nur, Dean ist auch hier", deutete sie in die Menge.

Devlin presste unwillig die Lippen zusammen.

„Ja. Ich weiß. Er hat mir gesagt, er wolle den Abend wieder mit Lady Rochester verbringen. Ich habe mehrfach versucht, ihn zur Vernunft zu bringen, aber er ist stur wie ein Esel."

Danielle stellte sich auf Zehenspitzen und spähte über die Köpfe der unzähligen Gäste hinweg.

„Hm, vielleicht hat er sich doch noch anders besonnen, denn die Dame an seiner Seite sieht mir verdächtig nach seiner Gemahlin aus."

„Bist du sicher?" Nun reckte Devlin ebenfalls seinen Hals, dabei kam Dean geradewegs auf sie zu.

„Natürlich bin ich sicher! Und sieh nur, die frischgebackene Lady Weston sieht heute keineswegs so unglücklich aus wie noch an ihrem Hochzeitstag."

Da musste Devlin Danielle zustimmen. Seine Schwägerin hatte auch in seinen Augen eine erstaunliche Wandlung durchlebt. Von der grauen Maus, die heulend auf dem Sofa saß, war nichts mehr zu erkennen. Stattdessen schien sie entschlossen, sich der Herausforderung, die sein dickköpfiger Bruder darstellte, zu stellen. Amelie trug ein goldenes Kleid mit langen, nachtschwarzen Ärmeln. Einen schwarzen Hut auf den glänzenden Locken und eine Kette aus einfachen, grau schimmernden Perlen. Neben Dean, der wie Devlin, auch gerne zu dunklen Anzügen griff, machte sie sich ausgesprochen gut.

„Dean, Lady Amelie, was für eine Freude, Euch zu treffen", begrüßte er das Paar. Amelie versank in einen Knicks, und Dean zog sich eine Zigarre aus der Westentasche.

„Dev, Lady Danielle. Mir war entfallen, dass Ihr auch herkommen wolltet", grüßte Dean zurück, während sich die Damen Komplimente über ihre Kleider machten.

Devlin nickte fragend mit dem Kopf in Amelies Richtung, weil er zu gerne erfahren hätte, was den Sinneswandel bei seinem Bruder ausgelöst hatte. Dieser zog Devlin einen Schritt beiseite und flüsterte zwischen zwei Zügen, die seine Zigarre anstecken sollten:

„Sei bloß still! Ich fühle mich ohnehin schon wie ein kompletter Idiot! Halb London gafft zu uns herüber!"

„Halb London wird sich fragen, warum du zuerst deine Frau blamierst, indem du ganz schamlos deine Mätresse ausführst, diese aber dann zum romantischsten Ereignis der Saison wiederum gegen deine Gattin eintauschst", stellte Devlin nüchtern fest.

„Das war ja auch alles nicht so geplant!"

Devlin lachte laut und erntete dafür fragende Blicke der Umstehenden.

„Dean, wann hast *du* jemals Pläne gemacht?"

„Ach, sei still, Dev! Hilf mir lieber! Ich weiß, dass ich mich Amelie gegenüber wie ein Idiot benommen habe, aber diese Frau ist einfach … Ich weiß nicht, sie macht mich wahnsinnig! Wir hatten keinen guten Start, und ich will das wiedergutmachen. Und – wenn du es wissen willst: Ich war meiner Frau seit der Hochzeit treu, da kannst du die inzwischen leicht verärgerte Lucinda gerne selbst fragen."

Devlin hob abwehrend die Hände.

„Nein danke! Aber es freut mich, dass du dieses Verhältnis beendet hast. Vater wird erleichtert sein. Er hat mir vor einigen Tagen geschrieben, dass sie sich auf dem Rückweg nach England befinden, weil er *die Damen kennenlernen will, die es geschafft haben, uns zu zähmen* – so seine Worte."

Dean wand sich etwas und paffte einen Rauchkringel.

„*Beendet* ist das falsche Wort. Um ehrlich zu sein, wartet sie vermutlich noch immer darauf, dass ich sie abholen komme. Wie du weißt, waren wir verabredet", gestand Dean.

„Trottel! Du kennst Lucinda! Sie lässt sich nicht so einfach abservieren. Ich schlage vor, du klärst die Sache morgen mit ihr, ehe sie dir oder Amelie Ärger macht."

Devlin konnte nicht fassen, wie unbedacht sein Bruder manchmal war. Dean war ein Hitzkopf! Sein ganzes Leben schon hatte er nur Spaß und Vergnügen im Sinn. Devlin hoffte, die Ehe würde ihn endlich auch Verantwortung lehren.

„Du hast ja recht. Ich werde mich darum kümmern, aber heute Abend will ich versuchen herauszufinden, wen ich da eigentlich geheiratet habe – dafür wird es höchste Zeit."

Zustimmend ließ Devlin seinen Blick zu Danielle und Amelie wandern, die über irgendetwas lachten, während weiter hinten die Musiker schon ihre Plätze einnahmen.

„Allerdings. Bring deine Ehe in Ordnung, ehe Vater kommt. Er hat angedeutet, dass es Ärger mit unserer süßen Rose gäbe, aber das wird er uns morgen auf der Soiree, die Danielle geben wollte, alles haarklein berichten – falls er rechtzeitig ankommt. Wir werden nichts zu lachen haben, wenn wir ihm einen Grund geben, seinen Unmut über unsere Schwester an uns auszulassen", beschwor er Dean eindringlich.

Ein Trommelwirbel forderte die Gäste auf, ihre Plätze einzunehmen, und Dean trat an Amelies Seite. Den ganzen Nachmittag hatte er damit zugebracht, sich Gedanken über seine Frau zu machen. Jetzt konnte er es kaum mehr erwarten, endlich mehr über sie zu erfahren – und ihr deutlich näherzukommen als bisher.

Er führte sie zu den Stühlen, und, als sie lächelnd und voll Vorfreude neben ihm saß, wunderte er sich über sich selbst, dass ihm Lord Shawes Tochter nicht schon früher aufgefallen war. Seine Frau war eine ausnehmende Schönheit und – das musste er zugeben – viel zu gut für einen alternden Lüstling wie Cliffard Ansley.

Aber eine quälende Frage blieb, und er hatte vor, noch heute Nacht eine Antwort auf diese Frage zu bekommen: Hatte es in Amelies Leben schon einen Mann gegeben? Hatte dieser unbekannte Adrian von seiner Frau bekommen, was ihm bisher verwehrt geblieben war?

„Es geht los", hauchte Amelie und fasste nach seiner Hand, als das erste Stück angestimmt wurde.

Die Stimmung jeder Melodie spiegelte sich in Amelies Gesicht, und Dean war wie verzaubert von seiner Frau. Ihr warmer Duft stieg ihm zu Kopf, und ihre zarten Finger sandten in regelmäßigen Abständen eine Gänsehaut über seinen Körper. Wie lange dauerte dieses Gedudel denn noch? Er konnte es nicht erwarten, sie für sich allein zu haben.

Er war so bemüht, seine unerklärlichen Gefühle zu ergründen, dass er kaum bemerkte, wie die Musiker eine Pause einlegten. Die Gäste erhoben sich von ihren Plätzen, schlenderten zu den Tischen, an denen Erfrischungen gereicht und süße Pasteten verkauft wurden. Auch Amelie erhob sich. Schnell, ehe ein Bekannter auf die Idee kommen konnte, sie in ein langweiliges Gespräch zu verwickeln, führte er sie aus dem Lichtkreis der Laternen in den Park hinein.

Er bemerkte ihr Zittern und legte ihr seine Jacke über die Schultern.

„Besser?", fragte er, und Amelie lächelte.

„Ja. Wohin gehen wir?", fragte sie.

„Keine Sorge. Wir gehen nicht weit."

Schweigend spazierten sie nebeneinander am Ufer des Sees entlang. In den dunklen Schatten des nächtlichen Parks waren nur wenige andere Paare unterwegs, und Dean suchte nach einer Möglichkeit, das Gespräch zu beginnen.

„Ich habe vorhin Ansley gesehen. Er war in Gesellschaft einer jungen Dame. Anscheinend ist er über Euren Verlust hinweggekommen."

Amelie lachte.

„Sicher, das dürfte ihm nicht allzu schwer gefallen sein. Er ist immerhin reich wie ein Krösus – sagt zumindest mein Vater."

„Richtig. Sagt mir, warum *Ihr* die Ehe mit Ansley nicht in Betracht gezogen habt", wollte Dean wissen.

Amelie schwieg einen Moment, während sie die anderen Gäste immer weiter hinter sich ließen.

„Es gab viele Gründe, warum ich nicht Lady Ansley werden wollte. Sein Charakter, sein Alter, seine langweilige Art. Ich könnte noch weitere Punkte aufzählen, aber der

Hauptgrund … nun … also … ich weiß nicht, wie ich es sagen soll, aber … ich hätte es einfach nicht ertragen, von ihm berührt zu werden!", stieß sie schnell hervor, wobei selbst die Dunkelheit ihre glühenden Wangen nicht ganz verbergen konnte.

Dean schmunzelte.

„Und bei mir … bei mir hattet Ihr diese Bedenken nicht?"

Er hörte selbst, wie rau seine Stimme mit einem Mal klang, und er wusste, sie bemerkte es ebenfalls. Schüchtern sah sie ihm ins Gesicht und befeuchtete ihre Lippen.

„Nein, Mylord, hatte ich nicht."

Sie waren stehen geblieben, und die Spannung zwischen ihnen war beinahe greifbar.

Er hob seine Hand an Amelies Wange und fuhr mit dem Daumen sanft über ihre Lippe. Mit einem Seufzen schloss sie die Augen und lehnte sich leicht gegen ihn. Mehr Ermutigung brauchte er nicht. Viel zu lange hatte er sich diesen Moment selbst verwehrt, und gerade jetzt mochte ihm nicht mehr einfallen, warum er das getan hatte.

Er zog sie zu sich heran und verschloss ihre Lippen mit seinem zärtlichen Kuss. Ihr Hut fiel unbeachtet zu Boden, und das Mondlicht vergoldete ihr Gesicht.

Er knabberte an ihrer Lippe, und seine Zunge zeichnete genüsslich die Kontur nach, ehe er sie lockte, sich ihm zu öffnen. Seine Hände vergruben sich in ihrem Haar, und er genoss das seidige Gefühl zwischen seinen Fingern, wobei er die Tatsache verfluchte, dass seine Jacke, die er ihr – ganz Gentleman – um die Schultern gelegt hatte, ihn daran hinderte, ihre zarte Haut zu berühren. Als sie ihre Hände in seinen Nacken hob, flammte seine Begierde auf. Er erinnerte sich an den Anblick ihrer Brüste im Mondschein, und zielstrebig glitt seine Hand unter die dunklen Falten der Jacke. Durch den glänzenden Satin unter seiner Handfläche spürte er ihre Knospen, die sogleich auf seine Berührung reagierten. Er trank Amelies Seufzen direkt aus ihrem Mund, denn er hatte nicht vor, seinen Kuss zu beenden. Die Süße ihres Mundes schien auf seine Zunge gewartet zu haben und machte Dean trunken.

Mit vor Erregung brennendem Blick schob er sie von sich.

Flehend griff sie nach seiner Hand.

„Bitte, geh' nicht!"

Aber das hatte er nicht vor. Er hob sie, ohne ein Wort, hoch und trug sie die wenigen Meter zum Ufer des Sees.

Hier war das Gras höher und sie vor neugierigen Blicken geschützt.

Die Jacke glitt von ihrer Schulter, und Dean zögerte nicht, Amelie mit sich zu Boden zu ziehen. Er bettete sie auf das wärmende Kleidungsstück und streckte sich neben ihr aus.

Es war nicht die kühle Nachtluft, die Amelie zittern ließ, als Dean erneut seine Hände nach ihr ausstreckte. Sie fühlte die Hitze in ihrem Leib, die sich unter jeder seiner Berührungen steigerte und die sie, wie schon im Badehaus, so vollkommen aus dem Gleichgewicht brachte. Sie drängte sich näher an ihn, denn sie musste wissen, wie es war, wenn er sie nicht vor … vor was eigentlich? … Wenn er sie nicht verlassen würde, ehe …

Lustvolle Blitze zuckten durch ihren Körper, als er seine Hand unter ihren Rock schob und an ihrer Wade entlang nach oben fuhr.

„Mylord", flüsterte sie erregt und strich über sein Hemd. Sie wünschte, seine Haut zu fühlen, ihre Finger über seine Muskeln gleiten zu lassen und ihn ebenfalls zu spüren.

Schnell knöpfte er sein Hemd auf und, als er es über seine breiten Schultern streifte, musste Amelie schlucken. Sie war noch nie einem Mann so nahe gewesen und zögerte angesichts seiner offensichtlichen Stärke.

Dabei tat er nichts, was ihr Angst machte. Er saß einfach da und wartete. Wartete, dass sie ihre Scheu überwinden und die Hand nach ihm ausstrecken würde.

Mit zitternden Fingern tat sie genau das, und sein Keuchen fühlte sich nach Triumph an. Mutiger ließ sie ihre Hände über seine Brust, in seinen Nacken und auf seine Schultern wandern. Himmel! Er fühlte sich verboten gut an. Sein Anblick ließ ihren Puls fliegen und erhitzte ihr Blut. Sengend heiß strömte es durch ihre Mitte und hinterließ ein sehnsüchtiges Brennen.

„Wisst Ihr, was ich an dem Abend dachte, als ich Euch im Mondlicht im Pavillon liegen sah?", fragte er und hob seine Hände an ihre Taille.

Seine Hände entflammten sie durch den Stoff hindurch, und Amelie konnte nur schwach den Kopf schütteln.

„Ich dachte daran, wie es sein würde, Euch zu lieben. Wie es wäre, Eure herrlichen Brüste, die mir so verlockend vor Augen standen, mit Küssen zu übersähen, und wie es sich anfühlen würde, Euch stürmisch in Besitz zu nehmen", flüsterte er. „Wisst Ihr, dass ich seither jeden Tag daran denke?"

Amelies Wangen brannten. Nicht vor Scham, sondern weil sie wünschte, er möge ihr zeigen, wovon er sprach.

„Wenn Ihr mich jetzt nicht aufhaltet, Amelie, dann werde ich tun, was ich mir schon tausendfach ausgemalt habe.“

Ihre Antwort bestand darin, Dean ihre Lippen zum Kuss anzubieten, und mit einem Laut, der beinahe animalisch klang, riss er sie in seine Arme.

Amelie bekam kaum Luft, so fest presste er sie an seine Brust, während seine Finger geschickt die Haken ihres Kleides im Rücken öffneten. Die kühle Luft zusammen mit seinen heißen Fingern plötzlich auf ihrer nackten Haut zu spüren, war köstlich. Er schob ihr den Stoff von den Schultern und hielt den Atem an, als er das Bild, welches sie ihm bot, in sich aufnahm. Amelie unterdrückte den Impuls, sich zu bedecken, denn allein sein hungriger Blick steigerte ihre Erregung. Seine Hände umfassten ihre Brüste, und Wellen der Lust schlugen über ihr zusammen, als er anfing, sie zu streicheln.

Seine Hände waren überall. Sie wanderten von ihren Brüsten unter ihren Rock, setzten jeden Zentimeter ihres Körpers in Flammen und peitschten sie einem Gipfel entgegen, dessen Spitze noch in geheimnisvollem Nebel lag.

Sie grub ihre Nägel in seinen Rücken, als er ihre empfindlichen Spitzen mit seiner Zunge umkreiste, und hob sich ihm willig entgegen.

Dean konnte sich nicht länger zurückhalten. Ihre leidenschaftliche Reaktion auf ihn erregte ihn mehr, als es Lucindas geschickteste Verführung gekonnt hätte, und ihr Tau auf seinen Fingern zeigte ihm, dass auch sie für ihn bereit war.

Ihre Hände erkundeten zaghaft seinen Rücken, und ihr beschleunigter Atem an seinem Ohr bereitete ihm Gänsehaut. Mit dem Knie öffnete er ihre Schenkel, und ein glühender Pfeil der Lust trieb seine Spitze in sein Fleisch, als er sich vorstellte, wie seine pochende Männlichkeit in wenigen Augenblicken gegen ihre heiße Pforte stoßen würde. Auch Amelie keuchte, als sie seine Härte durch seine Hose spürte. Hungrig drängte sie sich an ihn, als ein Ruf sie in der Bewegung erstarren ließ.

„Persival! Sieh nur! Dort im Gras!"

Dean fluchte laut und versuchte, Amelies Blöße mit seinem Körper abzuschirmen, während die aufgeregte Stimme der ehrenwerten Lady Spencer lautstark über die schockierende Freimütigkeit der heutigen Jugend schimpfte.

„Wie skandalös! Haben die Leute denn heutzutage keine Manieren mehr? Persival, los! Sieh nach, wer das ist!", verlangte Lady Spencer von ihrem Begleiter.

Dean fluchte noch immer und schob der vor Leidenschaft ganz benommenen Amelie die Röcke hinunter und half ihr auf die Beine. Er warf seine Jacke über ihre Schultern, um ihre offenherzige Aufmachung zu verbergen, zog sie hinter sich her, und mit einem letzten bedauernden Kuss flohen sie kichernd in die Dunkelheit.

Kapitel 13

Ein Liebespfand?", keuchte Lady Sotheby und konnte kaum fassen, dass ihr blonder Amor in einem Moment wie diesem an so etwas denken konnte. Sie selbst war zu keinem klaren Gedanken mehr fähig. Sie war bis zur Schmerzgrenze erregt, und die seidenen Fesseln an ihren Handgelenken schnitten in ihr Fleisch, als sie ungläubig beobachtete, wie der prachtvolle Mann scheinbar vollkommen entspannt aus dem Bett stieg. Allein das Spiel seiner Muskeln, als er sich gemächlich einen Drink eingoss, ließ die Lady erzittern. Er nippte am Glas und lächelte, als er sich wieder neben ihr auf der Matratze niederließ. Ein Finger verschwand in der bernsteinfarbenen Flüssigkeit und zeichnete dann einen kühlen, feuchten Kreis um ihre Brustwarze.

„Meine Taube, ein Liebespfand ist das Mindeste, was ich von Euch erwarte. Wie sollte ich weiterleben können – ohne einen Beweis Eurer Zuneigung? Wie kann ich wissen, dass Euer Herz für mich schlägt und nicht für Euren Gemahl?"

Er beugte sich hinab und kostete den Brandy von ihrer Brust. Lady Sothebys seit Jahren ungestilltes Verlangen schrie danach, ihm alles zu geben, was er nur wollte, damit er endlich zur Sache kam.

Wimmernd nickte sie und riss an den Fesseln. Sie musste ihn berühren, aber er lachte nur und drückte sie zurück in die Kissen.

„Also, meine Taube …"

Sein Finger verschwand erneut in der Flüssigkeit und diesmal ließ er den Finger zwischen ihre Beine gleiten. „… wirst du mir deine Liebe beweisen?"

Lady Sotheby war einer Ohnmacht nahe.

„Nehmt ihn! In Gottes Namen, aber bitte … bitte, ich kann nicht länger warten!", rief sie und hob ihr Becken seiner Zunge entgegen.

Ihr Ehering war ein geringer Preis für die Lust, die schon Sekunden später ihre Welt aus den Angeln hob.

Der Brief, der am nächsten Tag für sie abgegeben wurde, versetzte Lady Sotheby jedoch einen schmerzvollen Schlag.

Meine Taube,
Eure Schreie der Lust hallen noch immer durch mein Ohr, Euer
goldenes Liebespfand für die Stunden der Hingabe erscheint mir jedoch
im Licht des neuen Tages beinahe wertlos. Euch derart entzückt zu
haben, scheint mir, einen höheren Preis wert zu sein. Wenn ich nicht
Eure schriftliche Einladung zu diesem unterhaltsamen Stelldichein
und den Ring als Beweis für Eure schamlose Untreue Eurem Gatten
präsentieren soll, dann werdet Ihr von heute an jeden Monat für mein
Schweigen bezahlen. Bedenkt, was Ihr von mir bekommen habt, und
zeigt Euch nicht geizig, denn so leidenschaftlich ich liebe, zerstöre ich
auch.
Euer A. C.

Lady Sotheby zerknüllte zitternd das Blatt und eilte zum Kamin, wo sie es in den Flammen verschwinden ließ. Sie schlug sich die Hände vor den Mund und sank schluchzend zu Boden. Mit Entsetzen starrte sie auf ihre ringlose Hand.

Sie musste zur Bank, und zwar schnell.

Kapitel 14

melie genoss das Gefühl, an Deans Arm durch den festlich geschmückten Ballsaal in Windham Mannor zu flanieren. Der glänzende Marmor am Boden spiegelte das Licht aus den silbernen Lüstern über ihren Köpfen wieder, und auf der Tanzfläche waren glückliche Paare zu sehen. Amelie musste Danielle gratulieren, die Musiker spielten wundervoll und das Essen war fantastisch. Die Gäste waren begeistert, und ihr fiel auf, wie verliebt ihr Schwager seine Verlobte anschmachtete.

Davon waren sie und Dean noch weit entfernt, aber nach dem unvergleichlichen Erlebnis im Park gestern schien sich endlich alles zum Guten zu wenden. Dean zeigte sich von einer ganz anderen Seite. Er war freundlich und entgegenkommend, hatte den ganzen Tag mit ihr verbracht, und es schien Amelie, als wolle er, genau wie sie, den unglückseligen Beginn ihrer Ehe hinter sich lassen. Keiner von ihnen hatte Lady Rochester, Adrian oder die Umstände ihrer Heirat angesprochen. So hatten sie einen harmonischen Tag verbracht, und allmählich fühlte sich Amelie in Deans Nähe richtig wohl. Die Erinnerung an ihr leidenschaftliches Erlebnis hatte den ganzen Tag ein Kribbeln zwischen ihnen verursacht, und nicht zum ersten Mal fragte sich Amelie, was wohl geschehen wäre, hätte Lady Spencer, diese Klatschbase, sie nicht gestört.

Gerade traten sie zu Danielle und Devlin, um den beiden zu dem gelungenen Abend zu gratulieren. Dean, der in seinem dunkelgrauen Anzug so gut aussah, dass Amelie Mühe hatte, anderen Dingen ihre Aufmerksamkeit zu widmen, versteifte sich neben ihr. Mit einem unwilligen Murren starrte er zum Eingang, und Amelie folgte seinem Blick. Ganz in Rot gekleidet, zog Deans Mätresse sämtliche Blicke auf sich. Ihr zorniger Blick feuerte Blitze in Amelies Richtung, als sie geradewegs auf sie zukam.

„Das hat gerade noch gefehlt!", rief Danielle und sah sich Hilfe suchend nach Devlin um.

Dean zuckte die Schultern und entschuldigte sich. Er ließ Amelie zurück und trat Lady Rochester entgegen. Freundlich, aber bestimmt führte er sie in den Garten.

„Lucinda, was tust du hier?", verlangte er zu erfahren und steckte sich eine Zigarre an.

„Was ich hier tue? Erkläre mir doch lieber, was du hier tust! Wo bist du gestern Abend gewesen? Ich habe gewartet!", warf sie ihm vor.

Dean wollte sie nicht noch wütender machen. Er drehte die Zigarre zwischen seinen Fingern, deren blauer Dunst in den Nachthimmel emporstieg.

„Es tut mir leid, ich war verhindert. Trotzdem kannst du nicht einfach hier hereinschneien. Du weißt, was Devlin dazu sagen würde", versuchte er, sie zu beruhigen.

„Verhindert? Ha, dass ich nicht lache! Du warst mit der grauen Maus im Orchester! Was denkst du, wie viele mir das heute schon unter die Nase gerieben haben, Dean? Und was Devlin sagt, hat mich noch nie interessiert, denn sonst hätte ich dich nicht einmal in die Nähe meines Bettes lassen dürfen, oder?"

Dean ersparte sich eine Antwort. Lucinda hatte recht. Devlin war immer gegen ihre Affäre gewesen.

„Und dennoch schickst du mich fort? Wegen der kleinen Göre? Das kann nicht dein Ernst sein!", rief sie und sah dabei aus, als habe sie nicht übel Lust, ihn zu schlagen.

Dean verlor allmählich die Geduld. Die Gäste drehten sich schon nach ihnen um, witterten einen schönen Skandal. Und plötzlich fragte er sich, was ihn in all der Zeit an Lucinda so fasziniert hatte. Sie schien regelrecht verzweifelt, dabei hatte sie doch noch etliche andere Männer am Haken, denen sie ihre Gunst schenkte. Langsam blies er den Rauch aus und schüttelte bedauernd den Kopf.

„Hör zu, Lucinda. Du bist fantastisch, das weißt du. Aber wir können nicht so weitermachen wie bisher. Ich bin nun verheiratet. Du solltest gehen", schlug er vor.

Lucinda ballte die Hände zu Fäusten. Ihr Blick war eisig, und sie schien ihn damit erdolchen zu wollen, als sie sich erbost umdrehte und mit eiligen Schritten in der Menge verschwand.

Erleichtert atmete Dean aus. Er hatte mit größerem Widerstand gerechnet. Seltsamerweise fühlte es sich gut an, sich für Amelie entschieden zu haben, aber das Lächeln erstarrte ihm im Gesicht, als er sich zu ihr umdrehte. Sie hatte Gesellschaft bekommen.

Fluchend warf er die Zigarre beiseite und ging auf den Herrn zu, der gerade Amelies Handrücken küsste.

Amelies glockenhelles Lachen ließ auch ihr Gegenüber erstrahlen, und Dean biss die Zähne zusammen, als er zwischen die beiden trat und den Mann böse anfunkelte.

„Ihr seid zurück? Entschuldigt mein Versäumnis, Euch mit meiner Frau bekannt zu machen."

„Nun, wie du siehst, haben wir dein Versäumnis aufgeholt, denn eine so reizende Lady entgeht natürlich keine Sekunde meiner Aufmerksamkeit. Ich denke, sie ist viel zu schade für dich, mein Junge."

Amelie lächelte, und Dean griff entschieden nach ihrer Hand.

„Wie gut, dass Eure Meinung nichts zur Sache tat, Vater. Dennoch schön, Euch wiederzusehen. Ihr seht keinen Tag älter aus als an dem Tag, an dem Ihr aufgebrochen seid."

Freudig nahmen sich die beiden Männer in die Arme und klopften sich auf den Rücken.

„Ich wünschte, das Gleiche könnte ich von deiner Schwester auch behaupten", stöhnte Dorian, das Oberhaupt der Familie Weston. „Du wirst sie kaum wiedererkennen."

Dean trat einen Schritt zurück und versuchte, sich die Freude über das Wiedersehen nicht zu sehr anmerken zu lassen. Tatsächlich hatte er seinen alten Herrn in den letzten vier Jahren, die dieser mit seiner dritten Ehefrau und Deans kleiner Schwester Rose irgendwo in Europa verbracht hatte, sehr vermisst.

„Unsere kleine Rose – ist sie noch immer so ein Wildfang?", fragte Dean und schmunzelte, als er an die Scherze der Vierzehnjährigen dachte.

Dorian schüttelte niedergeschlagen den Kopf.

„Sieh selbst! Was soll man zu so einem Kind sagen? Sie weiß genau, wie sie bekommt, was sie will." Er deutete auf die Tanzfläche, und Dean wandte sich überrascht um. Sein Blick suchte nach dem dunklen Schopf seiner Schwester, aber was er schließlich erblickte, verschlug ihm die Sprache.

„Zum Teufel!", murmelte er, und sein Vater nickte zustimmend.

„Da siehst du, was ich meine. Wer könnte ihr etwas abschlagen?"

Als Dean seine Schwester zuletzt gesehen hatte, war sie ein besonders hübsches, vorlautes und dickköpfiges Kind von vierzehn Jahren gewesen. Die junge Frau, deren milchweiße Haut sich vom pechschwarzen Haar, das alle Westons auszeichnete, abhob wie Carrara Marmor von Ebenholz, trug ein Kleid, welches wie eine italienische Tunika geschnitten war und in losen Stoffbahnen um ihre Beine fiel, sodass jede ihrer Drehungen den Blick auf ihre langen, schlanken Beine freigab. Goldene Spangen an den Schultern und ein breiter Gürtel aus handtellergroßen goldenen Ringen hielten den ebenfalls schwarzen Stoff nah an ihrem schlanken Körper. Ihre grünen Augen blitzten amüsiert, als sie Deans Blick erwiderte.

„Sie ist bei Weitem kein Kind mehr", schimpfte Dorian. „Es ist höchste Zeit, ihr einen Ehemann zu suchen, denn ich bin langsam zu alt, sie zu bändigen."

Mit einem zweifelnden Blick bemerkte Dean:

„Ich bezweifle, dass Rose sich einen Mann suchen lässt. Und der Himmel weiß, auf wen ihre Wahl fällt, wenn du ihr eine lässt, Vater."

„Davon wollen wir nun lieber nicht sprechen. Es ist schlimm genug, dass mir vor Sorge schon graue Haare wachsen", bekannte er. „Und nun entschuldige, mein Junge. Ich hatte gerade meine Schwiegertochter um einen Tanz gebeten, als du uns unterbrochen hast."

Amelie knickste und winkte Dean schnell noch zu, ehe der heimgekehrte Earl of Weston sie davonführte.

Ratlos blieb Dean zurück. Die letzten Tage waren wirklich ereignisreich und seine Gefühle ein einziges Chaos. Ungläubig wanderte sein Blick über seinen Vater, der für sein Alter noch so gut aussah, dass Ehefrau Nummer vier sicher schon irgendwo lauerte. Amelie so entspannt mit Dorian scherzen zu sehen, berührte ihn. Würde sein blonder Engel auch irgendwann in seiner Gegenwart so gelöst sein können? Er fragte sich, wie er hatte glauben können, vor seiner Zuneigung zu Amelie davonlaufen zu können. Wenn er sie nun so sah, wusste er, dass sie die Tür zu seinem Herzen geöffnet hatte. Würde er auch ihres erobern können?

Seine Schwester wirbelte an ihm vorbei, griff nach seiner Hand und zog ihn mit sich. Erst als sie sich Devlin in den Arm warf, ließ sie seine Hand los, nur, um sich dann ihm ebenso stürmisch an den Hals zu werfen.

„Du hast mir so gefehlt, Devlin!", rief sie und küsste ihren Bruder stürmisch auf die Wange. „Und du, Dean …", schimpfte sie mit erhobenem Zeigefinger. „… wie konntest du nur ohne mich heiraten?"

„Genaugenommen hat mich Devlin genötigt, weil er Windham Mannor für sich allein haben wollte", schob Dean die Schuld lachend auf seinen Bruder, der sogleich ausholte, ihm eine Ohrfeige zu verpassen, ihn aber verfehlte.

Er war zufrieden. Seine Reise nach London hatte ihm wie erwartet die Tasche gefüllt. Lady Archer, Lady Sotheby und Lady Tindale würden sich hüten, seinen Forderungen nicht nachzukommen. Er konnte jederzeit seinen letzten Spielzug machen, und sie würden alles verlieren. Nun war er bereit für das einzige Spiel, welches noch nicht zu Ende gespielt war. Dabei ahnte sein Gegner noch nicht einmal, dass die Partie noch nicht beendet war. Aber das würde er wissen, wenn er seinen nächsten Zug tat. Und deshalb war er hier.

Gerade verließ sie die Tanzfläche und nickte dankbar, als ihr Tanzpartner anbot, ihr eine Erfrischung zu holen. Einen Moment später war sie allein, und er legte all sein Können in sein Lächeln, als er zu ihr trat und ihre Hand griff.

„Amelie, meine Liebe, mein Herz – endlich … ich habe Euch gefunden!", hauchte er leidenschaftlich und presste ihre Hände gegen seine Brust.

„Adrian?"

Amelie wurde kreidebleich, und er spürte ihr Zittern. Sie sah sich um, ehe sie ihm langsam ihre Hand entzog.

Das hatte er erwartet, schließlich war sie keine von den Frauen, die ihre *Gunst* verschenkten. Was sie zu geben hatte, war *Liebe*.

Und was er zu nehmen gedachte, war *ALLES*.

Amelie traute ihren Augen kaum. Gerade hatte noch Deans Vater an ihrer Seite gestanden und ihr auf der Tanzfläche verraten, dass Dean ein Dickkopf sei und sie etwas Geduld mit ihm haben sollte, als sie von ihrer Vergangenheit eingeholt wurde.

Sie war wie erstarrt, als sie sich Adrian Clark gegenübersah. Nie hätte sie zu träumen gewagt, ihn je wiederzusehen – und wenn, dann sicher nicht auf dem Ball im Haus ihres Schwagers. Ihres Schwagers … Himmel! Beinahe hätte sie vergessen, dass sie inzwischen verheiratet war und ihr Gatte sicher nicht erfreut wäre, sie mit Adrian zusammen zu sehen.

„Adrian?", fragte sie mit einem ungläubigen Blick auf seine vornehme Kleidung und seine silbernen Manschettenknöpfe.

„Ja, mein Herz, ich bin es. Meine Liebe zu Euch ließ mich alle Vorsicht vergessen und gegen jede Vernunft hierherkommen, und nun, da ich Euch so nahe bin, bereue ich, diesen Mut nicht schon viel früher aufgebracht zu haben. Amelie, mein Herz, die Sehnsucht nach Euch hat mich jeden Tag ein wenig mehr getötet, und ich fürchtete, meinem tristen Dasein ein Ende setzen zu müssen, wenn ich Euch nicht endlich wiedersehen würde."

Sie wusste nicht, was sie sagen sollte. Der traurige Blick aus seinen blauen Augen zeugte von seinem Kummer, und Schuldgefühle, schwer wie Blei, drohten Amelie zu erdrücken. Adrian hatte anscheinend nie aufgehört, sie zu lieben, während sie in den letzten Wochen fast vergessen hatte, dass er jemals einen Platz in ihrem Leben eingenommen hatte.

Schnell, ehe jemand bemerken konnte, wie sehr ihr Gegenüber sie verwirrte, zog sie Adrian mit sich in den Garten hinaus.

Ein kaltes Grinsen breitet sich in Lucindas Gesicht aus, als sie beobachtete, wie ihre Widersacherin mit einem äußerst attraktiven Mann in den Garten huschte. Dass Lady Amelie dabei irgendetwas im Schilde führte, war deutlich an ihrem nervösen Blick zu erkennen. Neugierig schlich Lucinda ihnen nach und staunte nicht schlecht, als sie sah, wie der Gentleman beinahe Amelies Hand zu verschlucken drohte, so hungrig wirkten seine Küsse.

Das hatte sie dem Mädchen gar nicht zugetraut, und mit eisiger Berechnung fragte sie sich, was wohl Dean dazu sagen würde, seine Frau in dieser Situation anzutreffen. Amelie schien besorgt. Immer wieder warf sie einen Blick zur Terrassentür, und der verliebte Blick ihres Gegenübers trieb ihr selbst im Dämmerlicht noch die Röte in die

Wangen.

Lucinda wusste sogleich, was das bedeutete. Als das heimliche Paar sich immer weiter vom Haus entfernte und schließlich in einer bereitstehenden Kutsche verschwand, hatte Lucinda genug gesehen. Mit wiegenden Hüften und einem verführerischen Schmollmund wandte sie sich ab und suchte nach dem Mann, dem sie nun wohl Trost spenden musste.

Kapitel 15

Die Kutschentür schlug hinter Amelie zu.
„Adrian! Was …?"
„Keine Sorge, mein Herz, ich weiß, was ich tue."

Das ging alles so schnell. Amelie hatte kaum Zeit, ihre Gedanken zu ordnen oder zu überlegen, was eigentlich gerade geschah. Wild wie die Hufschläge der Pferde, die in hohem Tempo die Kutsche durch die Londoner Nacht entführten, schlug auch ihr Herz.

Adrians Worte im Garten hatten sie furchtbar verwirrt.

„Adrian, ich kann es noch immer nicht fassen! Wie seid Ihr hierhergekommen? Was tut Ihr hier?"

„Ich musste Euch sehen! Keinen Tag länger hätte ich ohne Euch ausgehalten. Euer Anblick lässt mich die Entbehrungen der letzten Monate vergessen, und ich würde alles dafür tun, die Zeit zurückdrehen zu können. Hätte ich gewusst, dass Euer Vater unser Glück zerstört, hätten wir davonlaufen und uns in Gretna Green trauen lassen sollen."

Nun saß er ihr in der Kutsche gegenüber und lächelte sie mit dem gleichen Lächeln an, welches vor Jahren ihr Herz erobert hatte.

„Meine Geliebte, ich kann Euch nicht sagen, wie gerne ich Euch um einen Tanz gebeten hätte – wisst Ihr noch, wie wir tanzten? Wie wir lachten, und unsere Liebe erwachte?"

Amelie erinnerte sich. Die Melodie der Spieluhr hatte sie verzaubert und der schöne Adrian im Nu ihre Zuneigung gewonnen. Auch jetzt kam sie nicht umhin, sein gutes Aussehen zu bewundern.

„Ich werde diesen Abend nie vergessen, Adrian", versprach sie ihm und griff nach seiner Hand.

„Das ist unmöglich!", rief Dean und suchte die tanzende Menge nach Amelie ab. Was Lucinda da sagte, ergab keinen Sinn. „Eben tanzte sie noch mit meinem Vater."

Lucinda hakte sich vertraut bei ihm unter und tätschelte beruhigend seine Hand.

„Nein, mein Lieber. Eben stieg sie mit einem Fremden – und, wenn ich so sagen darf –, einem teuflisch gut aussehenden Fremden, in eine Kutsche und fuhr davon. Zuvor hörte ich nur, wie sie von Gretna Green sprachen."

Gedankenversunken ließ Dean Lucinda gewähren, als sie ihre Finger unter seine Weste schob.

„Wie kann sie es wagen? Ich fasse es nicht! Nun gut, sicher habe ich ihr Gründe gegeben ... aber, dass sie so weit gehen würde ..."

Lucinda stöhnte genervt, als ihr Verführungsversuch unbeachtet bleib und Dean unruhig auf und ab ging. Sie zupfte ihren Ausschnitt zurecht – etwas mehr Brust konnte in diesem Fall nicht schaden.

„Das muss dieser Adrian gewesen sein! Der Teufel soll die beiden holen!", rief er und fuhr sich durchs Haar. Dann blieb er wie angewurzelt stehen, und ein entschlossener Zug trat auf sein Gesicht.

„Pah, der Teufel soll mich holen, wenn ich mir von diesem Kerl die Braut stehlen lasse!"

Damit ließ er Lucinda stehen, ohne sie auch nur eines Blickes zu würdigen. Seine wütenden Worte hallten durch den Flur, als sie seinem Rücken hinterhersah.

„Gretna Green – diese blonde Teufelin hat wohl vergessen, dass sie bereits verheiratet ist? Es wird mir ein Vergnügen sein, sie daran zu erinnern! Ein Vergnügen!"

„Verheiratet? Aber Ihr tragt keinen Ring!"

Kurz geriet Adrians Mut ins Wanken. Vieles hatte er berücksichtigt, sich verschiedene Möglichkeiten ausgemalt, aber er hatte nicht damit gerechnet, dass *seine* Dame, die Figur, die seinen Spielsieg krönen sollte, verheiratet war.

Etwas unsicher saß er da und beobachtete sie. Er brauchte mehr als gewöhnlich, um an seine Rache zu kommen, soviel stand fest.

„Dafür war keine Zeit, es musste so schnell gehen … hört zu, Adrian, es war nie meine Absicht, Euch zu verletzen. Mir blieb keine Wahl! Wenn Ihr doch nur früher gekommen wärt. Ihr könnt Euch nicht vorstellen, wie sehr ich mir das gewünscht habe", versuchte sie, ihn zu beschwichtigen. „Aber wie hätte ich mich Vaters Befehl widersetzen können?"

Adrians Kiefer knirschte, so fest biss er die Zähne zusammen. Er hatte zu lange auf seine Rache gewartet, um jetzt aufzugeben.

Nachdem der Earl of Lindale herausgefunden hatte, dass Adrian seiner Tochter den Hof machte, hatte er ihm klargemacht, welche Aussichten ein Mann von seiner

Geburt im Leben hätte.

„Ein Niemand bist du! Ein Nichts! Kannst froh sein, dass wir deine dreckigen Hände an unsere Pferde lassen, aber sicher nicht an unsere Frauen und Töchter! Wenn ich mit dir fertig bin, wird es in ganz England keinen Stall mehr geben, der dir eine Anstellung bietet. Indem du meine Tochter geküsst hast, hast du deine Zukunft verspielt. Lass dich nie wieder blicken!"

Mittellos war er kurze Zeit später nach London gekommen und hatte mit Entsetzen feststellen müssen, dass Shawe ganze Arbeit geleistet hatte. Niemand wollte mit ihm Geschäfte machen. Er verfluchte den Tag, an dem er sich vorgenommen hatte, Lady Amelie zu verführen, um ihren Vater zu zwingen, sie ihm zur Frau zu geben, und sich damit ein luxuriöses Leben zu erkaufen.

Dann wendete sich sein Blatt. Sein Aussehen und sein Charme halfen ihm, sich selbst zu beweisen, dass Shawe irrte. Er lernte, das Spiel zu spielen. Von da an machte er sich seine Hände an den Damen der Gesellschaft *schmutzig* und sicherte sich so ein beträchtliches Einkommen. Trotzdem hatte er nie vergessen, was er in den Augen der Londoner Gesellschaft war. Darum wusste niemand, wer er war, denn, selbst wenn ihm das Geld inzwischen die Türen öffnete und es dadurch leichter wurde, weitere Damen um ihr Erspartes zu bringen, wusste er, dass sie immer noch genau das in ihm sehen würden, was auch Shawe gesehen hatte: ein Nichts – ein Niemand.

Und, solange dies so war, solange man ihn nicht respektierte oder fürchtete, würde er nie die Gunst seiner *Sirene* gewinnen.

Dieser Mistkerl Shawe war demnach wieder dabei, ihm alles zu nehmen, wonach es ihn verlangte. Mit dem einen Unterschied. Er, Adrian, beherrschte die Spielregeln besser als sein Gegner, und – was das Wichtigste war –, er hielt den Trumpf in seinen Händen: Amelie.

Dean ritt im gestreckten Galopp durch die Nacht. Gerade hatte er die Stadtgrenze hinter sich gelassen.

Er malte sich aus, was er mit Amelie machen würde, sollte er sie erwischen. Ihr den schönen Hals umzudrehen, würde ihm bei Weitem nicht die nötige Befriedigung verschaffen. Es war an der Zeit, dass er diesem eigenwilligen Blondschopf Manieren beibrachte! Sie war seine Frau, und bei Gott!, er hatte sie gewarnt.

Sie konnte nicht viel Vorsprung haben, und mit dem Pferd würde es ihm ein Leichtes sein, die Kutsche einzuholen. Fast fühlte er sich Lucinda zu Dank verpflichtet. Wenn sie nicht gewesen wäre, wüsste er nicht, wo er Amelie suchen sollte.

„Adrian, bitte! Wir sollten anhalten! Ihr seht ganz verstört aus. Glaubt mir, ich wollte das nicht. Wenn ich doch nur etwas tun könnte, um Euch das zu beweisen", flehte sie, und Adrian überlegte, wie es ihm dennoch gelingen könnte, sein Ziel zu erreichen.

Sein Plan, Amelie zu einer Ehe mit ihm zu überreden, um den Earl of Lindale zu demütigen, war gescheitert. Aber Ehemänner waren sterblich und der Weg in Amelies naives Herz schon geebnet. Es war noch nicht zu spät, das Spiel noch nicht verloren. Er würde den Titel bekommen, Rache nehmen und die Gunst seiner Sirene gewinnen.

„Wie soll ich Euch nur glauben, mein Herz? Der Schmerz über diese Neuigkeit bringt mich um. Ein Leben ohne Eure Liebe und Zuneigung ist es nicht wert, gelebt zu werden."

Er fing an, Amelies Hände zu küssen und rückte so nahe, wie es ihr ausladendes Kleid zuließ. „Sagt mir, mein Herz, liebt Euer Ehemann Euch so, wie ich es tue?"

Er sah das Zögern in Amelies Blick und wusste, dass er dabei war, sie doch zu seiner Spielfigur zu machen.

„Nein, Adrian, das tut er nicht. Er ist ganz anders als Ihr", gestand sie sichtlich verlegen.

Adrian umfasste ihren Nacken, sah ihr tief in die Augen und presste ihre Handfläche auf sein Herz.

„Ihr habt es verdient, aus ganzem Herzen geliebt zu werden. Ich kann Euch befreien, Amelie. Befreit Euch aus dem goldenen Käfig und fliegt mit mir davon."

Süß schmeckte die Rache, als er seine Lippen auf ihre legte, um mit all seiner Kunst ihren Widerstand zu brechen.

Da ihm auf der verlassenen Landstraße in Richtung Norden nicht gerade viele Kutschen in hohem Tempo begegnet waren, trieb Dean sein Pferd erleichtert ein letztes Mal an, um zu dem schaukelnden Gefährt aufzuschließen.

Er hatte sie gefunden!

Die Erleichterung, die ihn dabei durchfuhr, zeigte ihm deutlich, was er insgeheim schon länger gewusst hatte:

Seine ungewollte Ehefrau hatte sein Herz gestohlen. Darum ritt er auch wie der Teufel hinter ihr her. Er liebte sie! Und wenn es sein musste, dann würde er um sie kämpfen!

Er würde sich vor die Kutsche bringen und sie dann zum Anhalten zwingen, überlegte er. Aber, als er neben der Kutsche war, warf er einen Blick hinein, und was er sah, brach ihm das Herz.

Leidenschaftlich drängte sich Amelie gegen den Mann, mit dem sie in einem tiefen Kuss vereint war. Ihre Hände fuhren wild durch sein blond gelocktes Haar, und sie keuchte.

Ein Schmerzensschrei entstieg seiner Kehle, lenkte die Aufmerksamkeit des Kutschers auf sich. Doch anstatt anzuhalten, ließ dieser die Zügel schnalzen und erhöhte das Tempo. Dean riss den Kutschenverschlag auf, und das Paar im Inneren fuhr auseinander. Wütend bemerkte er Amelies, von den Küssen des Fremden, gerötete Lippen und ihre in Unordnung geratene Frisur. Sie atmete schwer und schlug sich schuldbewusst die Hand vor den Mund. Aber das am Kragen aufgerissene Hemd ihres Liebhabers und der blutige Kratzer an dessen Hals zeugten von ihrer Leidenschaft.

Er ritt neben der Kutsche her und streckte seine Hand nach Amelie aus. Mit donnernder Stimme befahl er:

„Weib! Komm her, oder ich hole dich!"

Amelie erzitterte, als sie den Zorn in seiner Stimme vernahm. Was würde er sagen? Würde er ihr etwas antun? Kurz überlegte sie, sich hinter Adrian zu verstecken, aber letztendlich zweifelte sie nicht an Deans Worten. Er würde sie holen, wenn sie sich ihm widersetzte, das zeigte sein entschlossener Blick.

„Wir müssen anhalten, Adrian!"

„Nicht! Ich werde nicht zulassen, dass Ihr Euch an einen

Mann verschwendet, der Euch nicht liebt!"

Damit zog er seine Pistole aus der Jackentasche und richtete sie auf Dean.

„Ich kann noch immer Euer Ehemann werden, meine Liebe, wenn Ihr erst Witwe seid", beschwor er sie und stieß sie zurück auf die Sitzpolster.

Amelie erkannte, was Adrian vorhatte, und klammerte sich verzweifelt an seinen Arm, doch sie kam zu spät, um zu verhindern, dass er den Abzug durchdrückte. Der Knall explodierte in ihren Ohren, und sie hatte Mühe, auf den Beinen zu bleiben, als sie sah, wie Dean auf dem Hals seines Pferdes zusammensackte.

„Dean!" Sie beugte sich aus der Tür und brüllte den Kutscher an:

„Um Himmels willen, haltet an!"

Adrian umfasste von hinten ihre Taille und zerrte sie zurück.

„Amelie, meine Liebe! Überlegt doch selbst! Das ist die Lösung. Wenn er tot ist, hält uns nichts mehr auf. Dann fahren wir nach Gretna Green, und alles wird so, wie ich es immer geplant hatte", erklärte er, und sein Blick funkelte wahnsinnig.

Amelie stieß ihn von sich.

„Seid Ihr von Sinnen? Befehlt dem Kutscher sofort anzuhalten", verlangte sie, aber Adrian schüttelte den Kopf.

„Setzt Euch!"

„Niemals! Ihr werdet jetzt anhalten, Adrian! Ich will sofort aussteigen!"

„Er liebt Euch nicht, das habt Ihr selbst gesagt", erwiderte er.

Adrian schüttelte mitleidig den Kopf, und sein raubtierhaftes Grinsen verursachte Amelie eine Gänsehaut. Sie sah nur einen Ausweg.

„Wenn Ihr mir nur einen Moment zugehört hättet, wüsstet Ihr, dass es egal ist, ob *er mich* liebt oder nicht! Das Einzige, was zählt, ist, dass *ich ihn* liebe!"

Mit einem stummen Gebet raffte sie ihre Röcke und sprang aus der fahrenden Kutsche.

Kapitel 16

ean hob die Lider. Seine Schläfe brannte wie Feuer, und er sah doppelt. Verwundert stellte er fest, dass er im Bett seines Londoner Stadthauses lag. Kerzen spendeten gerade so viel Licht, wie es ihm angenehm war. Helligkeit hätte er jetzt nicht ertragen.

„Er ist wach", flüstere Danielle, und sogleich schob sich Devlins besorgtes Gesicht in sein verschwommenes Blickfeld.

„Dean? Kannst du mich hören!", rief sein Bruder.

Dean zuckte zusammen. Behutsam setzte er sich auf.

„Natürlich kann er dich hören, Dev. Du schreist ihm ja genau ins Gesicht!", mischte sich Roses sonnige Stimme in die fragwürdigen Untersuchungsmethoden ihres Bruders ein. Sie drängte Devlin beiseite und wedelte mit den Fingern vor Dean herum.

„Siehst du das? Wie viele Finger sind das? Wie viele? Kannst du das erkennen?", fragte sie.

„Lasst mich in Ruhe! Mein Kopf schmerzt furchtbar, und mir ist übel!"

„Was kein Wunder ist", betonte Deans Vater, der nun ebenfalls sorgenvoll auf seinen Sohn hinabsah. „Du hast einen Streifschuss am Kopf abbekommen. Dein Dickschädel hat dir das Leben gerettet, wenn man so will", erklärte er.

Dean tastete den Verband an seiner Stirn ab und zuckte

zusammen, als ein Stechen durch seinen Kopf fuhr.

„Ich werde dem Weib den Hals umdrehen – und wenn es das Letzte ist, was ich tue!", grummelte er und wurde prompt mit lauter verkniffenen Mienen bedacht, die alle auf einen Punkt hinter ihm gerichtet waren.

Ohne sich umzudrehen und sich von seinem Verdacht zu überzeugen, fragte er:

„Sie steht hinter mir, richtig?"

Rose nickte und tätschelte Deans Schulter.

„Wir lassen Euch besser allein", schlug sie vor und bedeutete den anderen, den Raum zu verlassen.

Erst als sich die Tür schloss und sie allein zurückblieben, drehte er sich langsam um. Sie stand an den Bettpfosten gelehnt und sah ihn schuldbewusst an.

„Ehe Ihr etwas sagt, Dean, lasst mich Euch kurz etwas erklären", bat sie, und, als er schwieg, fuhr sie fort. „Ich kann so nicht weitermachen. Darum habe ich Peter angewiesen, meine Sachen zu packen. Ich weiß, ich trage die Schuld daran, dass es zwischen uns so schwierig war, aber das gehört nun der Vergangenheit an. Ihr habt dieser Ehe zugestimmt, sie aber nie gewollt und auch nie vollzogen."

„Ihr habt gepackt?", fragte Dean, und eine eisige Klaue griff nach seinem Herzen. „Ihr werdet nirgendwohin gehen! Packt wieder aus!", befahl er schroff.

Sie durfte ihn nicht verlassen! Zwar stimmte es, dass er die Ehe nie wirklich vollzogen hatte, aber wenn sie glaubte, er stimme einer Annullierung zu, um sie diesem Bastard zu überlassen, dann irrte sie.

„Nein! Ich werde mich nicht länger Euren lächerlichen Befehlen fügen", sagte sie. „Ihr habt mich geheiratet, hierhergebracht und mich absichtlich vergessen. In meinem Selbsthass, weil ich Euch zu alldem gezwungen hatte, stellte ich mein eigenes Glück hintenan. Aber das will ich nun nicht länger!"

Amelie rührte sich keinen Millimeter, als er sich, nur mit dem Hemd bekleidet, erhob und zu ihr trat. Wusste sie nicht, dass sie ihn fürchten sollte? Dass er sie niemals gehen lassen würde, selbst wenn er sie ans Bett fesseln musste, um sie zu halten?

„Ihr wollt das nicht länger? Ist Euch das klar geworden, als Ihr in leidenschaftlicher Umarmung mit Eurem Adrian in die Nacht geflohen seid?", höhnte er und packte sie grob am Arm, um eine Antwort zu erzwingen.

„Lasst mich los, Ihr tut mir weh!"

„Seit ich Euch zum ersten Mal sah, frage ich mich, wie der Teufel es schaffte, Eure Falschheit in so eine perfekte, wunderschöne Hülle zu packen", raunte er ihr ins Ohr. „Und wie er es schaffte, dass ich mich dennoch in Euch verliebt habe. Ihr wollt mich verlassen? Wollt davonlaufen? Niemals, Amelie, werde ich Euch gehen lassen, und wenn ich diese Ehe mit Gewalt vollziehen muss, um ihr Gültigkeit zu verleihen …" Mit einem kräftigen Ruck riss er ihr Kleid auf. „… dann werde ich das tun!"

Amelie zuckte vor Schmerz zusammen, als ihr Dean grob den Stoff vom Leib riss.

„Nicht! Hört auf!", rief sie und versuchte, sich ihm zu entwinden, weil sie wollte, dass er seine Worte wiederholte. Hatte er gerade gesagt, dass er sich in sie verliebt hatte? Sie riss sich los, dabei rutschten die Überreste des ruinierten Kleides bis auf ihre Fesseln und gaben den Blick frei auf die dunkel schimmernden Blutergüsse, die ihren ganzen Körper bedeckten.

„Himmel, was ist das?", fragte Dean, und seine Wut war schlagartig verraucht. Er trat zurück und fuhr nur ganz sacht mit der Hand über ihre dunkelblau verfärbte Hüfte.

Amelie stieß seine Finger beiseite und schnappte sich die Decke vom Bett. Als sie sich darin eingewickelt hatte, presste sie wütend die Lippen zusammen, und ihr Blick schien ihn herauszufordern.

„Dean Weston, Ihr seid der größte Narr in ganz England!", rief sie. „Und nun lasst mich endlich aussprechen! Ich musste packen, weil ich diese Ehe nicht länger aushalte. Ich hatte aber nie vor, Euch zu verlassen! Ich wäre wohl kaum aus einer fahrenden Kutsche gesprungen, um zu Euch zu gelangen, wenn ich Euch nicht lieben würde." Ihr Augen funkelten ihn an. „Ich habe Peter aufgetragen, meine Sachen *hierher* zu bringen. In Euer Gemach, Dean! Ich bin Eure Frau und habe ein Recht darauf, des Nachts hier bei Euch zu liegen. Ich kann es nicht länger ertragen, dass Ihr mich zurückweist. Ihr sagtet, Ihr wollt eine Frau, die sich Euch leidenschaftlich hingibt? Dann, um Himmels willen, macht mich endlich zu der Euren!"

„Amelie, Ihr seid aus der Kutsche gesprungen? Was ist mit Adrian?"

Amelie zuckte die Schultern.

„Ich bin nur mit ihm in die Kutsche gestiegen, weil ich nicht riskieren wollte, dass Ihr falsche Schlüsse zieht, wenn Ihr mich mit ihm zusammen seht. Dass die Kutsche anfahren würde, wusste ich nicht. Er ist einfach über mich hergefallen. Ich habe versucht, mich zu befreien, habe ihn am Hemdkragen weggezerrt und ihn sogar gekratzt. Ich weiß nun, den Mann, den ich einst in ihm sah, gab es nie. Und der Mann, den ich will, steht vor mir!"

„Was wollt Ihr mir damit sagen?"

Amelie lachte, ließ die Bettdecke fallen und deutete auf ihren geschundenen Körper.

„Ich habe mich beinahe umgebracht, um zu Euch zu gelangen. Wollt Ihr nicht wissen, warum?"

„Weil Ihr mich liebt?", riet er, aber Amelie schüttelte den Kopf.

„Auch. Aber ich hatte noch einen weiteren Grund."

Sie trat zu ihm und fuhr zärtlich über seine Wange. „Ich wollte noch einmal Eure Hände auf mir spüren."

Sie stellte sich auf die Zehenspitzen und küsste ihn sanft.

„Dean, ich muss endlich wissen, wie es ist, wenn wir es zu Ende bringen", flüsterte sie und drängte sich an ihn.

Dean hob sie auf seine Arme und trug sie zum Bett. Sein Kopfschmerz war vergessen, und nur noch die Frau neben ihm hatte Bedeutung, als er sich daran machte, ihr zu zeigen, wie es war, wenn sie es zu Ende brachten.

Amelie gab sich ganz den herrlichen Gefühlen hin, die Dean in ihr zum Leben erweckte. Ihre Prellungen und Kratzer schienen unter seinen behutsamen Berührungen zu heilen. Sie wölbte sich seinen Küssen entgegen, bot ihren Körper seinen liebkosenden Händen dar und erkundete mutig den seinen, bis Dean sich nicht länger zurückhalten konnte. Viel zu lange hatte er darauf gewartet, sie in Besitz zu nehmen, hatte viel zu lange sein Verlangen nach ihr unterdrückt. Er spürte ihre Hitze, ihre Bereitschaft, und sein Schaft presste sich hart gegen ihre glühende Haut. Als Amelie ihre Schenkel für ihn öffnete, war er verloren.

Er fühlte die Barriere ihrer Jungfräulichkeit, als er sich endlich seinem Verlangen überließ, und Amelie versteifte sich unter ihm, ohne ihn jedoch aufzuhalten.

Freude, stärker als seine Erregung, ergriff von ihm Besitz, als ihm bewusst wurde, dass – was immer seine Frau mit diesem Adrian verbunden hatte – sie ihm nie erlaubt hatte, sie in dieser Art zu berühren. Mit beruhigenden Küssen versuchte er, ihr die Angst zu nehmen.

„Amelie, hab keine Angst", flüsterte er gegen ihre bebenden Lippen und schob sich dabei langsam weiter. Sie riss die Augen auf und biss die Zähne zusammen, als Dean sie weiter und weiter ausfüllte.

Bis zur Gänze in ihrem Schoß versenkt, harrte Dean einen Moment aus, streichelte Amelies Brüste und küsste sie, bis er spürte, wie sie sich entspannte, ja, sogar anfing, sich unter ihm zu bewegen. Behutsam zog er sich aus ihr zurück, um sich sogleich erneut mit ihr zu vereinen. Nie hatte er etwas Vergleichbares erlebt. Er hatte es immer geahnt: Ihre Unschuld, diese hitzige Enge, zusammen mit der verführerischen Schönheit ihres in Leidenschaft erwachten Körpers führten ihn in ekstatische Höhen. Als sie sich ihm entgegenhob, hatte Dean Mühe, an sich zu halten. Versessen darauf, es auch für Amelie zu einer unvergesslichen Nacht zu machen, hielt er sich eisern zurück, bis sie ebenfalls keuchend den Höhepunkt anstrebte.

Amelies Nägel gruben sich in sein Gesäß, als sie ihn für seinen letzten Stoß fest an sich zog. Ihr spitzer Schrei, als die Wellen der Lust über ihr zusammenschlugen, vermischte sich mit seinem hilflosen Keuchen, als er tief in ihrer seidigen und pulsierenden Hitze Erlösung fand.

Nichts würde sie mehr trennen, dessen war er sich nun sicher, und er dankte Lord Shawe im Stillen dafür, Amelie in seine Arme getrieben zu haben. Und, auch wenn er immer noch ein Hühnchen mit ihr zu rupfen hatte wegen der erzwungenen Ehe, wusste er schon genau, wie sie ihm dafür Wiedergutmachung leisten konnte.

„Amelie, da ich Lucinda zum Teufel gejagt habe, muss ich dich leider bitten, in Zukunft mein lüsternes Verlangen zu befriedigen, denn ich habe vor, nur noch in meinem Ehebett und mit meinem Eheweib mein Vergnügen zu suchen. Darum wäre es sehr freundlich, wenn du dieses Bett nicht allzu oft verlassen würdest", schlug er vor, während er verspielt an ihrem Ohrläppchen knabberte.

Matt von dem eben Erlebten lächelte Amelie ihn an.

„Meine Beine sind so schwach, dass ich nicht einmal in der Lage bin aufzustehen. Mach dir also darum keine Gedanken."

Dean grinste.

„Dann sollte ich wohl besser dafür sorgen, dass dies so bleibt." Damit umfasste er ihre Brüste und ließ heiße Küsse auf ihren Hals und ihr Schlüsselbein regnen.

„Und ich dachte, Windham-Männer lieben nicht", flüsterte sie, überrascht, wie zärtlich der Mann sein konnte, den sie so sehr gefürchtet hatte.

Dean bettete sein Kinn zwischen ihren Brüsten und grinste sie mit einem Augenzwinkern schief an, als er ihr den goldenen Ring, den er ihr eigentlich auf dem Ball im Beisein der Familie hatte schenken wollen, an den Finger steckte.

„Wir Windhams lieben nicht – wir erobern!"

Und wie schon an ihrem Hochzeitstag fühlte sich Amelie, als sei sie die Trophäe dieses Kriegers. Eine einzelne Träne des Glücks stahl sich aus ihrem Augenwinkel, aber die Zeit, in der sie vor Dean irgendetwas verborgen hätte, war vorbei.

Ich bin verloren! Nichts und niemand wird mich retten!, jagten ihre ursprünglichen Ängste durch ihre Gedanken, ehe sie drohten, im Strudel der neu erwachten Leidenschaft weggespült zu werden. Sie war verloren, das stimmte. Verloren in ihrer Liebe zu Dean Weston.

Kapitel 17

Frankreich

Seine *Sirene* lag ausgestreckt auf dem samtenen Diwan. Die Augen vor Langeweile halb geschlossen und die graue Katze träge an ihre Taille geschmiegt, als Adrian hereinkam. Sie sah erst auf, als er ihr ein mit einer großen Schleife umwickeltes Päckchen reichte.

Sie schob die Katze beiseite, was diese mit einem Fauchen quittierte, und setzte sich auf. Der lose um ihren Körper geschlungene Satin zeichnete ihre Silhouette nach, als sei er eine zweite Haut, und Adrian wurde heiß. Sie streckte die Arme nach dem Päckchen aus und gab dabei den Blick auf ihre Brust frei. Ohne sich darum zu kümmern, dass ihre Freizügigkeit den Mann vor sich an seine Grenzen brachte, öffnete sie das Geschenk.

Ein goldenes Collier mit Herzanhänger auf einem Kissen aus rotem Samt.

Sie ließ ihren Finger über den Schmuck gleiten. Mitleid sprach aus ihrem Blick.

„Du hast mir einen Titel versprochen. Stattdessen bringst du … *das*?"

Sie nahm das Collier aus der Schachtel und legte es sich um. Dabei glitt ihr der Stoff von der Schulter und bauschte sich um ihre Hüften. Sich ihrer Nacktheit wohl bewusst, wandte sie ihm ihre Brüste zu, zwischen denen glänzend das kleine Herz ruhte.

Sie wartete auf eine Antwort.

Adrian, dessen Stimme deutlich seine Erregung verriet, stotterte:

„Es ist noch nicht verloren. Du bekommst einen Titel, das schwöre ich dir. Aber ich bringe dir Geld – und dies."

Er holte vier Eheringe hervor und hielt sie seiner *Sirene* hin.

Sie lächelte.

Der schwarze Stoff sank lautlos zu Boden, als sie sich erhob und die Finger nach den Ringen ausstreckte.

Einen nach dem anderen steckte er ihr an, und sie hob die Hand bewundernd ins Licht.

„Hast du ihnen die Herzen gebrochen?", fragte sie und schmiegte sich an ihn.

Ohne seinen Blick von ihren Brüsten zu nehmen, umfasste er ihre nackte Kehrseite und presste sie an seine vor Erregung schmerzende Männlichkeit.

„Natürlich", murmelte er, weil er wusste, wie sehr der Schmerz eines anderen ihre Lust schürte. Selbst sein Schmerz und sein ungestilltes Verlangen nach ihr, schien sie zu erregen.

Sie schnurrte wie ihre Katze und ließ ihre Finger über seine Brust gleiten.

„Adrian, Liebster, ich würde dir auch mein Herz schenken, wenn du doch nur einen Titel hättest", flüsterte sie in sein Ohr, während sie ihre Hand in seine Hose schob und seine stählerne Härte umschloss. Sie küsste ihn auf die Lippen und zuckte dann bedauernd die Schultern, ehe sie zurücktrat.

„Es ist ein Jammer, Adrian. Wirklich ein Jammer. Wo ich mir doch so sehr einen Titel wünsche."

Nur das goldene Collier am Leib ging sie davon, und Adrian wusste, sie gab ihm noch *eine letzte* Chance, das Spiel zu gewinnen.

Es war noch nicht vorbei!

Foto: Guido Karp für
p41d.com

Emily Bold lebt mit ihrer Familie in einem idyllischen Ort in Bayern mit Blick auf Wald und Wiesen – äußerst ruhig und inspirierend. Sie schreibt Liebesromane, Paranormal-Romance und Jugendbücher.

„Gefährliche Intrigen", ihr erster historischer Liebesroman, erschien im Mai 2011 bei Amazon als E-Book und landete prompt unter den Top-20 Bestsellern dieses Jahres in der Kategorie Romane. Mittlerweile sind viele weitere Bücher und Novellen erschienen.

Ihre Schottland-Trilogie „The Curse" wird in den USA und Großbritannien in englischer Sprache verlegt. Nach Band 1 „The Curse – Touch of Eternity" ist seit Januar 2014 bereits der zweite Band „The Curse – Breath of Yesterday" erhältlich.

„Ein Kuss in den Highlands" ist nach „Klang der Gezeiten" Emilys zweiter zeitgenössischer Liebesroman.

Emily freut sich über Post von ihren Lesern – schreiben Sie ihr: kontakt@emilybold.de oder besuchen Sie Emily im Web: emilybold.de und thecurse.de. Werden Sie Fan bei Facebook: facebook.com/emilybold.de

Bücher von Emily Bold

The Curse – Vanoras Fluch
Band 1 der *The Curse* - Trilogie

Die Außenseiterin Samantha findet im Nachlass ihrer Großmutter ein altes Amulett. Wenig später führt ein Schüleraustausch die Siebzehnjährige nach Schottland.
Kaum bei ihrer Gastfamilie angekommen, wird sie bereits von den Sagen und Mythen des Landes in den Bann gezogen. Als sie dann auch noch den attraktiven Schotten Payton kennenlernt, gerät ihre Welt vollends aus der Bahn. Der mysteriöse Highlander erobert Sams Herz im Sturm. Im Strudel der Gefühle bemerkt sie nicht, in welcher Gefahr sie schwebt, denn was sie nicht ahnt: Paytons Vergangenheit birgt ein dunkles Geheimnis. Ein Geheimnis, das die Schicksale ihrer beider Familien seit Jahrhunderten untrennbar miteinander verbindet und welches nun auch Sam in Lebensgefahr bringt …

The Curse – Im Schatten der Schwestern
Band 2 der *The Curse* - Trilogie

Nachdem Vanoras Fluch gebrochen war, schien dem Glück der beiden nun nichts mehr im Wege zu stehen. Doch dann offenbart ihnen Paytons Bruder Sean eine bittere Wahrheit.
Es ist noch nicht vorbei. Diesmal liegt Paytons Schicksal allein in Samanthas Händen. Wird es ihnen gelingen, das Geheimnis der fünf Schwestern zu lösen? Die Reise ins Unbekannte führt Samantha dorthin zurück, wo alles begann – und zurück in die Arme des Schotten, der ihr Herz durch alle Zeit in seinen Händen hält …

The Curse – Das Vermächtnis
Band 3 der *The Curse* - Trilogie

Sam gewinnt den Wettlauf gegen die Zeit und kann in die Arme des Schotten zurückkehren, der ihr Herz durch alle Zeit in seinen Händen hält.
Doch welche Schuld lädt sie dabei auf sich? Und wie hoch ist der Preis für ihr egoistisches Streben nach Glück? Diese Fragen zerreißen Sam, als ihrer Liebe zu Payton eigentlich nichts mehr im Weg stehen dürfte.
Als dann alte Feinde aus dem Schatten der Vergangenheit treten, scheint am Ende das Böse den Sieg davonzutragen …

Ein Kuss in den Highlands

Charlotte hat alles, was sich eine Frau erträumt. Einen Job, den sie liebt, einen erfolgreichen Mann an ihrer Seite, und - zu ihrer größten Überraschung - die begehrenswerteste Hochzeitslocation Londons.

Doch mitten in den hektischen Hochzeitsvorbereitungen sorgt eine unerwartete Erbschaft für Turbulenzen, denn das Haus in den schottischen Highlands weckt ungeahnte Sehnsüchte. Und dann ist da noch Matt, der keine Gelegenheit auslässt, sie aus der Fassung zu bringen. „Finde dich selbst" fordert der Schotte von ihr. Aber was weiß der schon?

Klang der Gezeiten

Wie leicht einem das große Glück durch die Finger rinnen kann, muss Piper erkennen, als Daniel, der Mann ihrer Träume und Vater ihres ungeborenen Kindes, bei Arbeiten in ihrem Traumhaus am Strand stirbt. Pipers Welt bricht zusammen und all ihre Träume und Hoffnungen werden unter dem Schmerz des Verlustes begraben. Um Daniel nahe zu sein, beschließt sie gegen den Rat von Freunden und Familie in das unvollendete Haus einzuziehen. In dieser schwierigen Situation ist ihr Daniels bester Freund Kevin eine große Stütze. Doch gerade jetzt fällt es ihr schwer, mit den tiefen Gefühlen umzugehen, die Kevin für sie entwickelt.

Im Trost der Wellen versucht Piper ihre Wunden zu schließen und ihren Weg zurück ins Leben zu finden.

Gefährliche Intrigen

Logan Torrington findet mitten im Wald die junge, verwundete Emma Pears, die auf der Reise zu ihrem Onkel hinterhältig überfallen wurde. Nach einer leidenschaftlichen Liebesnacht bringt Logan die außergewöhnliche Frau in Sicherheit. Bald jedoch muss er entdecken, dass seine "Elfe", wie er Emma fortan liebevoll nennt, nicht nur sein Herz gefangen hat, sondern immer noch in allergrößter Gefahr schwebt ...

Mitternachtsfalke - Auf den Schwingen der Liebe

Drew Warring staunt nicht schlecht, als ihm bei der Jagd nach dem Mitternachtsfalken statt des Schmugglers die junge und widerspenstige Julia in die Hände fällt. Doch er ist nicht der Einzige, der hinter dem Falken her ist; auch Julias Verlobter Gregory kann das ausgesetzte Kopfgeld gut gebrauchen. Inmitten dieser Jagd entfacht Drew in Julias Herz ein unbändiges Feuer. Aber unter dem Verdacht, selbst der Mitternachtsfalke zu sein, sieht es nicht so aus, als könne er dieses gefährliche Spiel gewinnen…

Blacksoul - In den Armen des Piraten

Adam Reed, der berüchtigte Captain Blacksoul, sinnt nur auf eines: Rache an dem Mann zu nehmen, der ihn einst an Leib und Seele gezeichnet hat. Getrieben davon durchkreuzt er auf der Suche nach Vergeltung die Meere.
Als Josephine Legrand in Blacksouls Hände fällt, verspürt sie nichts als Angst. Doch der unnahbare Pirat stürzt seine Gefangene schon bald in ein Meer der Gefühle, denn trotz ihrer Furcht weckt er eine Sehnsucht in ihr, die sie den Kampf um sein Herz aufnehmen lässt. Wird es der Französin im Sog aus Leidenschaft und Verlangen gelingen, die Ketten um Blacksouls Herz zu sprengen und ihn die Schrecken der Vergangenheit vergessen zu lassen?

Wird sie die Liebe finden – *in den Armen des Piraten?*

Vergessene Küsse
Band 1 der Windham - Reihe

Die Suche nach dem sagenumwobenen Gemälde, der „Venus von Lavinium", führt Devlin Weston, den Earl of Windham, nach Essex und zu Danielle Langston. Der Anblick der attraktiven Witwe weckt die Erinnerung an längst vergessene Küsse und entfacht nie gekannte Gefühle.

Doch Devlins Jagd nach der „Venus" entwickelt sich für Danielle zur tödlichen Gefahr …

Verborgene Tränen
Band 2 der Windham - Reihe

Dean Weston, der zur Ehe mit Amelie Shawe gezwungen wird, empfindet nur Wut und Verachtung für seine ungewollte Braut, die ihn mit einem hinterhältigen Trick in die Falle gelockt hat. Doch mit dem Verlangen nach seiner jungen Frau wächst auch sein Misstrauen, und schon bald bohrt sich der Stachel der Eifersucht tief in Deans Fleisch. Als Amelies verborgene Tränen schließlich einen Weg in sein Herz finden, stellt sich nur eine Frage:

Kann ein Windham wirklich lieben?

Verlorene Träume
Band 3 der Windham - Reihe

Ein unheimlicher Spuk in Donovan Castle droht für Rose Weston, die nach einem Gedächtnisverlust für eine einfache Magd gehalten wird, zur tödlichen Gefahr zu werden. Bei der Suche nach ihrer Erinnerung und ihren verlorenen Träumen erwachen nie gekannte Gefühle in ihr, denn nur Alexander Hatfield, der gefürchtete Söldner des Königs, scheint in der Lage zu sein, Rose zu beschützen und das Rätsel um Donovan Castle aufzuklären.

Doch Alex' Dienste haben ihren Preis …

Aus Nebel geboren
Band 1 der Darkest Red - Serie

Als ein kostbarer Edelstein in Fay Ledoux' Hände fällt, ahnt die mittellose Stripperin nicht, welch unvorstellbare Kraft dieser birgt. Sie gerät ins Visier mächtiger Feinde, und nur Julien Colombier scheint in der Lage, für ihre Sicherheit zu sorgen. Doch kann sie dem geheimnisvollen Fremden vertrauen, der sein Leben einzig und allein dem Schutz dieser Reliquie gewidmet hat?
Kann Julien seine Mission erfüllen, obwohl die Jagd nach der Wahrheit längst begonnen hat?

Von Flammen verzehrt
Band 2 der Darkest Red - Serie

Um Chloé aus den Fängen ihres grausamen Entführers zu befreien, folgen ihre Schwester Fay und Julien diesem nach Rom. Dessen perfides Spiel um Chloés Leben führt Julien in die tiefsten Abgründe seiner Vergangenheit und mitten in die Arme seiner schlimmsten Feinde.
Er muss sich entscheiden: Ist er bereit, diesen Preis für Chloés Sicherheit zu zahlen, oder ist ihm seine Mission wichtiger als Fay und die leidenschaftlichen Gefühle, die sie in ihm weckt?

Im Dunkel verborgen
Band 3 der Darkest Red - Serie

Fay kann nicht fassen, dass die Hüter der *Wahrheit* Julien verwundet und wehrlos dem Feind überlassen haben. Nach den fatalen Erlebnissen in Rom scheint das geheime Versteck in Irland der einzige Ort zu sein, der den Hütern, dem Elixier und den Frauen Sicherheit garantieren kann. Die Ereignisse überschlagen sich, als der Verräter aus ihrer Mitte zum Schlag ausholt und die Feinde der *Wahrheit* immer näher kommen.
Fays Liebe zu Julien ist nicht das Einzige, was jetzt auf dem Spiel steht …